KB264853

자녀의 EQ를 높이는 뉴 패러다임 37가지

EQ 업그레이드

김언주 · 윤현석 지음

자녀의 EQ를 높이는 뉴 패러다임 37가지

EQ 업그레이드

EQ를 알면 교육이 보인다

옛날 어떤 나라에 아름답고 희귀한 새가 날아왔는데 좋은 징조라 하여 그 새를 잡아다 새장 속에 가두어 놓고 많은 사람들을 불러 큰 잔치를 베풀었다. 아름다운 음악을 연주하고 새에게 각종 고기 안주와 맛있는 음식을 주었다. 그러나 그 새는 눈을 감거나 뜨고 슬퍼하면서 한 조각의 고기도, 한 조각의 음식도 입에 대지 않았다. 물도 먹지 않더니 사흘 만에 죽어 버리고 말았다.

새는 자연적으로 날게 되어 있다. 공활한 창공을 힘차게 날갯짓을 하며 나는 것이 새에게 자연이요 행복이다. 이러한 속성을 지닌 새를 새장에 가두어서야 되겠는가!

인간은 자연적으로 머리로 생각하고 가슴으로 느끼도록 되어 있다. 인간은 감성적 존재인 동시에 이성적 존재다. 그럼에도 불구하고, 근·현대 교육은 이성의 기능을 충분히 발휘하도록 하는 것이 인간의 성공과 행복에 이르는 왕도로 생각하고 이성의 요체인 IQ식 능력 계발에 초점을 맞추어 왔다. 이런 까닭으로 인간정신은 이성주의와 지식주의의 과포화 상태에 빠지게 되었다.

반면 감성은 인간이 아닌 짐승이나 지녀야 할 특성으로 치부되어 감성을 억제하거나 멀리 하도록 교육되어 왔다. 따라서 인간의 감성은 새장에 갇힌 새의 운명이었던 것이다. 슬퍼해야 할 때 슬퍼하지 못하고, 기뻐해야 할 곳에서 기뻐하지 못한다. 화를 통제하지 못하고 낙담에서 헤어나지 못한다. 남의 패배는 나의 승리요, 남의 성공은 나의 질투를 낳는다. 즉 인간은 인간소외와 인간성 상실이라는 파멸에 이르는 병에 걸리게 되었다.

인간성 상실을 예방하고 상실된 인간성을 회복하기 위해서는 지식교육은 물론 감성교육을 해야만 한다. 새천년에는 진정한 인간으로 되돌아가야 한다. 이러한 취지에서 본서를 집필하게 되었다.

부모가 바라는 자녀와 자녀가 바라는 부모, 남편이 바라는 아내와 아내가 바라는 남편, 이웃 사람이 서로 바라는 이웃 사람, 직장에서 상사가 바라는 부하와 부하가 바라는 상사, 이런 사람이 곧 좋은 사람이고 행복한 사람이다. 좋은 사람, 행복한 사람이란 '이성적 자아실현'과 '감성적 자아실현'을 동시에 달성하여 이성과 감성이 조화를 이룬 사람이라고 생각한다. 따라서 본서는 좋은 사람, 행복한 사람이 되기 위하여 배워야 하고 가르쳐야 할 기초 자료를 제공하는 데 가치가 있다고 하겠다.

또한 본서는 부모의 자녀 양육에 대한 지침서이다. 한국의 부모들은 자녀를 독립된 인격체로 존중하기보다는 대개 자신의 분신 혹은 소유물로 생각한다. 그래서 자기 마음대로 대해도 되는 존재로 생각하는 경향이 강하다. 새천년에는 자녀에 대한 인간관과 교육관이 새로워져야 한다. 내가 낳은 자식이라고 해서 함부로 대해서는 안된다. 그들도 신비롭고 신성한 존재이다. 부모들은 자녀를 좋은 사람, 행복한 사람으로 기르기 위한 지침서로 본서를 활용할 수 있을 것이다.

또한 본서는 학생들에 대한 교육 안내서이다. 교사들은 지성과 감성이 조화를 이루도록 학생들을 가르치고 싶어한다. 이러한 교사들은 본서를 한 모금의 감로수로 활용할 수 있을 것이다.

우리 필자들은 본서가 새천년의 출발점에서 자녀와 학생들의 성장·발달을 도와주는 지혜서(智慧書)로 활용되기를 기대한다.

2000년 새 봄을 기다리면서

김언주·윤현석 씀

차 례

제1부
IQ 시대에서 EQ 시대로

우리는 자녀들을 똑똑하게 키우기 위해 전례없는 노력을 해왔다.
그 결과 요즘 아이들의 IQ는 전시대보다 훨씬 향상되었다.
그러나 입사시험의 합격여부는 IQ가 좌우하지만 일에 대한 만족도와
성공여부는 전적으로 EQ의 몫이다.
인생 성공에서 높은 EQ를 갖는 것이 높은 IQ를 갖는 것보다 더 중요
한 시대가 되었다.

"다정아! 우리 줄넘기 해 보자! 엄마가 먼저 해 볼게. 이젠 너도 해보렴." 다정이(4세)에게 엄마가 말하였다. 다정이가 줄을 넘기자마자 줄이 발목에 걸렸다. 다시 한 번 해 보았지만 역시 마찬가지였다. 세 번째 시도했을 때 줄이 한 발은 통과했지만 다른 발에 걸렸다. 네 번째도 첫 번째보다 별로 나아진 게 없었다. 엄마는 "다정아! 줄넘기 잘 할 수 있겠니?"라고 물었다. "물론 할 수 있어요."라고 다정이는 대답하고 다시 시도하였다. 다정이는 줄넘기에 거듭 실패했을지라도 언젠가는 할 수 있을 것이라고 대답하였다. 이것이 자기 동기 부여 능력이다.

아동들은 장애물 극복에 거듭 실패할지라도 선천적으로 자신감에 차 있다. 6세 또는 7세 이하의 아동들은 자신의 성과가 대수롭지 않을지라도 성공할 수 있다는 기대감을 갖고 있다.

다정이가 보여준 인내, 낙관성, 자기 동기 부여, 열성 등은 감성지능의 요소들이다. 사회적 기술과 감성적 기술은 인생 성공에 있어서 지력만큼이나 중요하다. 다시 말해 인생 성공에서 높은 EQ를 가지는 것이 높은 IQ를 갖는 것보다 더 중요하다.

EQ로 승부하라

감성지능이라는 아이디어의 기원은 다윈(Charles Darwin)의 1872년 저서인 『인간과 동물의 감정 표현』에서 찾아볼 수 있다. 감정은 일정한 상황에서 요구되는 행동에 힘을 부여한다. 예를 들면, 야생 동물은 불안을 느낄 때 보다 쉽게 도망간다. 또한 감정은 생존적 가치를 지닌 신호 체계를 포함하고 있다. 예를 들면, 야생동물은 분노의 표현으로 이빨을 드러내고 으르렁거리며 상대방을 물어뜯으려고 한다. 또한 불안을 느낄 때 눈썹이 치켜올려지고 입을 벌리고 불안한 상황에서 도망치려고 한다. 따라서 감정에는 지능적 요소가 포함되어 있다. 생존 능력의 보다 근원적인 요소는 지적 능력이 아니라 감성지능이다.

감성지능과 유사한 아이디어가 사회성 지능(social intelligence)이다. 사회성 지능은 자신을 이해하고 다루는 능력과 다른 사람들을 이해하고 다루는 능력이다. 달리 말하면, 사회성 지능이란 자신과 다른 사람들의 내적 상태, 동기, 행동을 지각하고 그 정보를 기초로 하여 다른 사람들에게 가장 적합하게 행동하는 능력이라고 할 수 있다.

감성지능이라는 용어는 하버드 대학의 샐러비(Peter Salovey)와 뉴 햄프셔 대학의 메이어(John Mayer)라는 심리학자들에 의해서 1990년에 최초로 사용되었는데, 이들은 감성지능의 이론적 기초를 정립시켰다. 이들은 감성지능을 "감정을 정확히 지각, 인식, 표현하는 능력, 감정을 생성하고 이용하여 사고를 촉진시키는 능력, 감성 발달과 지력 발달을 촉진시키기 위하여 감정을 조정하는 능력"이라고 정의한다. 이를 달리 표현하면 **감성지능이란 자신의 감정을 인식하는 능력, 다른 사람들의 감정을 인식하는 능력, 자신에게 동기를 부여하는 능력, 자신의 감정을 관리하는 능력, 다른 사람들의 감정을 관리하는 능력**이라고 할 수 있다. 이러한 감성지능을 양적인 수치로 나타낸 것이 감성지수(emotional quotient: EQ)이다. 1990년 이후, 사람들은 인격이라는 말을 감성지능이라는 말로 바꾸었다. 이 책에서는 인격과 감성지능을 같은 의미로 사용한다.

감성지능의 정의를 토대로 하여 감성지능을 다섯 가지 영역 또는 요인으로 구분할 수 있다.

첫째는 자신의 감정을 인식하는 것이다. 자기 인식, 즉 감정이 생겼을 때 그 감정을 인식하는 것은 감성지능의 주요한 부분이다. 순간 순간의 감정을 점검하는 능력은 심리적 통찰과 자기 이해에 중요하다.

둘째는 자신의 감정을 다루는 것이다. 자신의 감정을 달래고 걱정이나 우울함 혹은 짜증 등을 털어 버리는 능력은 중요한 감성지능에 속한다. 이 능력이 부족한 사람은 끊임없이 절망감에 빠지지만, 이 능력이 뛰어난 사람은 인생의 역경을 더 빨리 극복한다.

셋째는 자신에게 동기를 부여하는 것이다. 주의 집중과 자기 동기 부여, 그리고 창의를 위해서는 목표에 감정을 결합하는 것이 꼭 필요하다. 만족을 지연시키고 충동을 억제하는 것과 같은 감정통제는 모든 성취의 기초가 된다.

넷째는 타인의 감정을 인식하는 것이다. 감정이입(공감)은 기본적인 대인관계 기술이다. 감정이입을 잘하는 사람은 다른 사람이 무엇을 원하는지를 알려주는 미묘한 사회적 신호에 민감하다.

다섯째는 타인의 감정을 다루는 것이다. 인간 관계 기술은 주로 타인의 감정을 다루는 기술이다. 인간 관계 능력은 대중적 인기와 지도력 혹은 대인관계의 효용성을 좌우한다. 이 능력이 뛰어난 사람은 다른 사람과 상호작용을 잘 한다. 그들은 사회적

스타이다.

골먼(Daniel Goleman)은 『감성지능』(*Emotional Intelligence*)이라는 책을 썼는데, 이 책에서 그는 원만한 부부 관계, 교사와 학생 관계, 상사와 부하의 관계, 교우와 일반 대인관계 등에서의 성공은 머리의 힘인 지능이 아니라 가슴의 힘인 감성지능에 좌우된다고 주장하고 있다. 이것은 한 개인의 성공 또는 행복을 예견할 때 지능에 의해 측정된 지력보다는 마음의 질이 더 중요하다는 논리이며 가슴과 감성이 머리와 이성을 지배한다는 아이디어이다.

실제로 선진 기업 인사 담당자들도 기업 입사시험에서 합격하느냐 불합격하느냐는 지능에 달려 있지만 입사해서 만족스러운 생활을 하느냐 불만족스러운 생활을 하느냐, 또는 승진하느냐 못하느냐는 감성지능에 달려 있다고 말하고 있다.

이 책은 대중으로부터 선풍적인 주목을 받아 베스트 셀러가 됐으며 타임지의 커버 스토리가 되었다. 그리고 EQ의 함축성과 중요성이 백악관에까지 알려졌다. 클린턴 대통령은 기자들에게 "나는 여러분에게 매우 좋은 책을 소개하고자 합니다. 『감성지능』이라는 책은 매우 재미있는 책입니다. 나는 이 책을 좋아합니다. 힐러리가 나에게 이 책을 선물해 주었습니다."라고 말하였을 정도이다.

감성지능에 관한 관심은 자녀의 양육과 교육에 대한 중요성에서 시작되지만 감성지능의 중요성은 직장과 인간 관계에까지 확산되고 있다.

각종 연구에서 아동기의 EQ 훈련은 20년 후에 있을 직장 생활과 결혼 생활에 도움이 될 것이라고 예언한다. 직장인들은 아동 시절의 자신들과 지금의 아동들과 다른 것이 없으며 직장의 사교술이 아동 시절의 놀이 규칙을 연상시킨다고 말하고 있다. 이것은 직장에서 인간 관계 기술이 중요하다는 것을 시사한다.

EQ 기술이 직장에 끼치는 영향은 지대하다. 지력과 학력이 같을지라도 어떤 학자들은 연구 성과가 높고 다른 학자들을 연구 성과가 왜 낮을까? 감성 기술과 사교 기술이 빈약하여 미움받는 과학자들은 마치 바보 또는 잘난 척하는 아동이 놀이에서 동료들로부터 따돌림당하듯이 그들의 동료에 의해서 배척당하고 있다는 사실이 연구에 의하여 발견되었다. 이것은 낮은 EQ에 기인한 사회적 고립을 의미하는 것이다.

비록 감성지능이 최근에 대중의 주목을 받게 되었지만, 이 분야의 연구는 새로운 것이 아니다. 50년 전부터 아동의 EQ 기술 발달에 관한 연구가 많이 있었다. 그러나 불행히도 이 연구 결과들이 실용적으로 적용되지 못하였다. 왜냐하면 통계를 중요하게 여기는 학계와 교사, 그리고 정신 건강 전문가들이 불화했기 때문이었다. 그러나 이제 우리는 단순히 직관이나 정답 고르기에 의존하여 자녀를 양육하고 교육할 수는 없다.

EQ와 IQ의 차이점은?

이규태가 한국 교육 신문에 게재한 <한국의 스승>이라는 칼럼을 활용하여 EQ와 IQ의 성격을 알아보자.

서당 훈장이 아이들에게 물었다. "지금 아이들 셋이 놀고 있는데 지나가던 아저씨가 떡 4개를 주며 똑같이 나누어 먹으라고 했다. 너희들 같으면 어떻게 갈라 먹겠느냐?"

그에 대한 대답은 두 갈래로 나왔다. 셋이 하나씩 나누어 먹고 나머지 하나는 셋으로 똑같이 나누어 먹는다는 것이 첫 번째 대답이었다. 그리고 또다른 대답은 셋이 하나씩 나누어 먹고 나머지 하나는 지장보살님에게 바친다는 것이다. 옛날에는 길가에 지장보살로 불리는 돌부처가 널려 있었는데 소원을 빌거나 잘못이 있으면 이 지장보살에게 곧잘 빌곤 했던 것이다.

훈장은 어느 쪽이 맞고 어느 쪽이 틀렸다는 것을 명시해야 할 판이다. 아마 오늘날 교사들 같으면 예외 없이 셋이 하나씩 갖고 나머지 하나를 삼등분 하는 것이 맞다고 할 것이다. 하지만 우리 옛 서당에서는 남은 한 개의 떡을 삼등분하는 것이 옳지 않고 곁에 있는 지장보살님에게 바치는 것이 맞는 것으로 가르친다. 왜 이렇게 맞고 틀리고가 달라지는 것일까? 그것은 교육목적이 다르기 때문이다. 나머지 하나를 삼등분해서 나누어 먹는 것이 옳다는 것은 IQ로 측정되는 지능교육이요, 나머지 하나를 지장보살님에게 바치는 것이 옳다는 것은 EQ로 측정되는 심성교육인 것이다. 우리 옛 스승들은 이렇게 지능보다 심성을 중요시했고 사물에 대한 사리 사고를 할 때 심성은 지능보다 우위개념이었다.

심리학자들 간에 IQ 구성요소들에 대해서 아직도 서로 견해를 달리하고 있지만, 대부분 전문가들은 IQ는 웩슬러(Wechsler) 지능 검사와 같은 표준화 지능 검사에 의해서 측정될 수 있다고 생각한다. 웩슬러 지능 검사는 언어능력, 비언어능력, 기억력, 어휘력, 이해력, 문제 해결, 추상 추론, 지각, 정보처리, 그리고 시각-동작 기술을 측정한다. 이 지능검사를 통해서 산출된 IQ는 6세 이후 변하지 않으며 대학 수능시험 점수와 관계가 있다.

샐러비와 메이어는 감성지능의 동의어로서 EQ라는 용어를 사용하는 것에 대해 반대하였다. 그것은 EQ라는 용어가 사람들로 하여금 EQ를 측정하는 정확한 검사가 있다거나 측정 가능한 그 무엇이 있을 것이라고 잘못 생각하게 할 염려가 있기 때문이다. 하지만 EQ가 측정될 수 없을지라도 EQ는 의미있는 개념이라는 사실은 부인할 수 없다. 우리가 인성과 친절, 자신감, 존경 등과 같은 사회적 특성들을 쉽게 측정할 수 없지만 아동들에게서 그것들을 인지할 수 있고 그것들의 중요성을 인정한다. 마치 IQ가 인지 지능의 동의어로 인식되듯이 EQ는 감성지능의 동의어로 인식된다.

EQ 기술들은 IQ 또는 인지 기술의 반대가 아니다. EQ와 IQ는 개념적 차원과 현실 세계에서 역동적으로 상호 작용한다. 일부 위대한 지도자들이 인지기술, 사회기술, 감정기술 모두를 가지고 있듯이 평범한 사람들도 이 기술들을 가지고 있다.

어떤 정치학자는 토마스 제퍼슨은 거의 완벽하게 인성과 지성을 갖춘 인물이라고 평하였다. 제퍼슨은 천재일 뿐만 아니라 감정이입이 탁월한 사람으로 알려져 있다. 사람들은 루스벨트 대통령을 대공황과 2차 세계대전 중에 국가를 지도하는 데 필요한 쾌활한 성격과 낙관적 성격을 가졌던 인물로 생각한다. 그러나 어떤 학자는 루스벨트를 이류의 지능을 소유한 인물이지만 일류의 기질을 소유한 인물로 표현한다. 또한 역사학자들은 케

네디 대통령은 머리뿐만 아니라 가슴으로 국가를 이끌었다고 본다. 가장 중요한 IQ와 EQ의 차이는 EQ는 훨씬 덜 유전된다는 사실이다. 우리 나라의 역대 대통령들과 지도자들도 이러한 관점에서 분석해 보면 흥미롭지 않을까?

IQ는 상승세 EQ는 하락세

우리는 20세기 후반부터 자녀의 행복에 대해서 유례없는 관심을 가져왔고 하루하루의 삶이 자녀들의 인생에 중대한 영향을 끼치리라는 것을 인식해 왔다. 우리들 대부분은 현명하게 자녀를 양육하는 것이 그들에게 더 나은 성공의 기회를 줄 수 있다고 믿으며, 자녀들에게 풍족한 기회를 제공하기 위하여 노력한다. 자녀가 출생한 지 수일이 되었을 때, 자녀에게 세계를 설명하기 시작하고 자녀가 출생한 지 수개월이 되었을 때 자녀에게 책을 읽어 주기 시작한다.

요즈음 아동들이 제대로 글을 읽을 수 없을지라도 그들이 컴퓨터 자판기에 앉아 있는 것은 흔한 일이다. 우리는 자녀들을 똑똑하게 키우기 위하여 전례 없는 노력을 해 왔다. 그래서 그들은 표준화 IQ검사를 더 잘 풀 수 있다.

한 연구는 최근 아동들의 IQ가 20세기 초 아동들의 IQ보다 20점이 더 향상되었다고 보고하고 있다. IQ 상승의 이유는 명확하지 않지만 어느 정도는 보다 나아진 신생아 양육과 건강 의식으로 설명될 수 있다. 그런데 역설적으로 아동들이 점점 더 똑똑해지고 있는 것처럼 보일지라도 그들의 감정 기술과 사회 기술은 급락하는 것처럼 보인다. 사회 통계표를 보면, 여러 방면에서 오늘날의 아동들이 과거의 아동들보다 훨씬 더 나빠졌다는 사실을 알 수 있다. 다음에 예시된 미국의 자료를 보면 수긍이 갈 것이다.

- 25세 이하의 젊은이가 매일 에이즈 감염으로 죽고 25명이 새로 감염된다.
- 아동이 매일 6명씩 자살한다.
- 18세 이하의 아동이 매일 342명씩 폭력 혐의로 구속된다.
- 10대 미혼모들이 매일 1,407명씩 신생아를 출산한다.
- 아동들이 매일 2,833명씩 학교를 자퇴한다.
- 604명의 아동이 매일 구금된다.
- 135,000명의 아동들이 권총을 휴대하고 학교에 등교한다.

심리학자 셀리그먼(Seligman)은 우울증을 전염병으로 표현하면서 지난 50년 간 아동과 청소년의 우울증이 거의 10배가 증가하였고, 우울증이 나타나는 나이가 점점 낮아진다고 보고하고 있다.

감정과 신경 조직의 관계

오늘날 아동들의 문제는 이혼율 증가, TV와 매체의 부정적 영향, 학교의 권위 상실, 부모와 자녀의 공유 시간 감소 등 지난 50년 동안 발생한 복잡한 사회 양식의 변화에 있다고 사회학자들은 믿는다.

사회 변화가 불가피하다면, 당신은 어떻게 행복하고 건강하고 창의적인 자녀로 키울 수 있을 것인가? 대답은 당신을 놀라게 할 것이다. 당신은 자녀의 두뇌 발달 방법을 변화시켜야 한다.

과학자들은 사고뇌(대뇌 피질)와 감성뇌(대뇌 변연계)는 다르다고 하지만 사실은 감성지능을 정의하는 데 있어서 두 영역간에는 밀접한 관계가 있다. 대뇌 피질은 3mm 두께의 주름층 세포 조직이며 대뇌 반구를 감싸고 있다. 대뇌 반구가 근육 활동과 지각과 같은 대부분의 신체 기능을 통제할지라도 행동과 지각에 의미를 부여하는 것은 대뇌 피질이다.

대뇌 피질이 인간을 만물의 영장으로 만들었다. 고양이, 개, 쥐와 같은 하등 동물도 대뇌 피질을 갖고 있다. 그래서 학습을 하고, 의사소통을 하고, 간단한 의사결정을 할 수 있을지라도 하등 동물의 대뇌 피질은 인간의 대뇌 피질에 비하여 미미한 기능을 한다. 하등 동물은 계획을 수립할 수 없고, 추상적으로 사고할 수 없으며, 미래에 대해서도 걱정할 수 없다.

대뇌 피질이 가장 중요한 인간의 특징이기 때문에 가장 면밀하게 연구되어 왔다. 사람이 상처를 입거나 질병에 걸렸을 때 의학계는 뇌를 주로 연구하였다. 대뇌 피질은 네 가지 엽으로 되어 있는데 엽이 상처받으면 문제가 생긴다. 예를 들어, 뇌의 뒤에 위치한 후두엽은 주로 시력에 관계한다. 이 부위가 상처를 입으면 시력이 파괴되고 맹인이 될 수도 있다. 귀 뒤에 위치한 측두엽이 상처를 입으면 장기 기억에 문제가 생긴다.

대뇌 피질을 이해하게 되면, 재능이 뛰어난 아동이 있는 반면에 재능이 부족한 아동이 있는 이유, 기하학에 탁월한 능력이 있는 아동이 있는 반면에 글조차 읽지 못하는 아동이 있는 이유를 쉽게 이해할 수 있다. 대뇌 피질이 사고뇌일지라도 대뇌 피질은 감성기능을 이해하는 데 중요한 역할을 한다. 우리는 대뇌 피질로 인하여 기분을 간파하고 분석할 수 있으며 그 다음에 모종의 행동을 한다.

일례를 들어보자. 점심식사 시간에 학교에서 인기 있는 여학생 여섯 명이 다가와 금비가 앉아 있는 식탁에 앉았다. 흔히 있는 일이 아니었다. 왜냐하면 이 여학생들은 금비에게 전혀 말을 건네본 일이 없었고, 더군다나 점심 식사를 약속한 일도 없었다. 그들은 새 옷, 남학생, 연예인 등 일상적인 잡담을 하였고, 금비는 듣고만 있었다. 그때 가을이가 금비를 쳐다보고 "금비야! 우리는 어제 우리 반에서 제일 못 생긴 애가 누굴까 생각해 보았어. 너는 누구라고 생각하니?"라고 말하였다. 금비는 하늘이라고 생각하였다. 하늘이의 머리는 빗질도 안한 것처럼 늘 헝클어져 있었다. 코는 길고 뾰족하였고, 얼굴은 깡마르고 이빨은 토끼의 이빨처럼 튀어나와 있었다.

금비는 "하늘이가 제일 못 생겼어. 닭살 돋아. 그렇지?"라고 말하였다. 그러자 가을이는 "아니야! 하늘이는 아니야. 네가 제일 못 생겼어!"라고 말하였다. 금비는 마치 어느 누군가가 위를 꽉 쥐고 비틀어대는 것처럼 위경련을 느꼈다. 얼굴에서 핏기가 사라지고 현기증이 났다. 잠시 후, 금비는 스스로 자신에게 "그것은 농담이었어. 기분 나쁜 농담이야"라고 말하였다. 순간의 혐오가 분노로 변하자 금비의 팔에 힘이 들어가고 주먹이 쥐어졌다. 금비는 그 여학생들이 다시 잡담을 하고 있었지만 한 여학생이 금비의 반응을 보기 위해서 금비를 쳐다보고 있다는 것을 알았다. 금비는 가을이를 똑바로 쳐다보고 단호하게 "너희들은 잘못 생각했어!"라고 말한 다음에 도시락을 챙겨 들고 그 자리를 떠났다.

금비는 대뇌 피질 때문에 당시의 상황과 자신의 반응을 분석할 수 있었다. 사고뇌가 감성뇌를 이겼기 때문에 의사결정을 할 수 있었고 자신의 품위를 유지할 수 있었다.

감성뇌와 사고뇌는 행동을 결정하는 데 서로 다른 기능을 할지라도 그것들은 상부상조한다. 감성뇌는 보다 신속하게 보다 강렬하게 반응한다.

자녀들이 위험에 처할 때, 우리가 그 위험이 무엇인가를 정확히 알기 전에 감성뇌는 우리에게 위험을 알려준다. 대뇌 피질, 특히 전두엽은 감정 상황에 의미를 부여하면서 우리가 그것에 따라 행동하기 전에 조절 스위치로서 작용한다. 짓궂은 반 친구들이 금비를 곤혹스럽게 할 때, 금비는 분노와 혐오를 억제하면서 한 걸음 물러나서 사태를 파악할 수 있었다.

얼마 전에, 신경외과 의사들은 사고뇌와 감성뇌가 미세한 통로에 같이 있다는 사실을 모르고 대뇌 피질을 수술로 제거함으로써 정신 질병을 치료할 수 있다고 생각하였다.

1940년대와 1950년대에 미국에서 전두엽 절제 수술이 행해졌다. 이 전두엽 절제 수술의 의도는 공격성과 과잉 흥분 감정을 치료하는 것이었지만, 환자의 전두엽을 수술 도구로 구멍을 뚫고 뇌의 신경 섬유를 제거함으로써 환자는 감정 바보가 되었다.

전두엽이 완벽하지 않다면, 그 사람은 언뜻 보기에는 정상적으로 보일지라도 그는 감정적으로 천박하고, 산만하고, 열의가 없고, 냉담하며, 분위기에 둔감하기 때문에 저녁 식사시에 멋대로 트림을 할 것이다.

감성뇌로 불리는 대뇌 변연계는 대뇌 반구에 깊숙이 있으며 감정과 충동을 조절하는 중요한 임무를 가지고 있다. 대뇌 변연계는 해마상 융기, 편도선, 그리고 여러 구조를 내포하고 있다. 해마상 융기에서 감정 학습이 생기고 감정 기억이 저장된다. 편도선은 감정 통제소로 생각된다. 신경학자들이 특정 감정 기능이 특정 두뇌 부위에서 발생한다고 주장했을지라도 실제로는 여러 부위들이 상호작용하며 감성지능이 규정된다.

예를 들어서 당신이 밤에 막 잠자리에 들었을 때 초인종이 갑자기 울리는 경우를 상상해 보자. 곧바로 아드레날린이 분비되며 어떤 위험이 있을 것이라는 것을 알아차리도록 편도선에게 경고한다. 당신이 조심스럽게 현관문을 열자 당신이 좋아하는 영화배우가 당신 앞에 서 있다. 그가 펑크난 타이어를 들고서 당신의 도움이 필요하다고 한다. 이 사람이 놀라게 한 사람이라고 알려주면서 편도선으로 하여금 놀람, 기쁨, 그리고 환희의 혼합 감정을 불러일으키는 것은 해마상 융기이다. 그러나 대뇌 피질로 인하여 당신은 그 영화배우의 이름과 그 영화배우가 거기에 있는 이유를 깨닫는다.

감정 기능과 관계 있는 세 번째 신경계가 제일 흥미 있다. 왜냐하면 그것은 감정이 여러 신체 부위에 생화학적으로 전달되는 경로를 포함하고 있기 때문이다. 실제로 기초적 연구가 이 분야에서 이루어지고 있다. 지난 15년 이래, 과학자들은 신경 펩티드라 불리는 아미노산 끈을 확인할 수 있었으며, 과학자들은 아미노산 끈들이 생화학적으로 감정과 관계가 있다고 믿는다.

신경 펩티드는 감성뇌에 축적되며, 감정이 발생하면 신체 전체에 보내지며, 반응 방법을 신체에 알려준다. 앞서 제시한 금비의 예화에서, 가을이와 그녀의 친구들이 금비를 모욕할 때, 마치 금비가 몸이 아픈 것처럼 느끼도록 한 것은 신경 전달 물질인 이 뇌화학물질들이었다. 유명인이 방문했을 때의 예화에서처럼, 이 신경 전달 물질들은 입을 마르게 하고 얼굴은 붉히도록 하며 몸을 꼼짝달싹 못하게 할 수도 있다. 감정이 발생할 때마다 뇌는 이 화학 물질들을 복잡한 수용 기관에 보내며, 이 화학 물질들은 신체 전체에 퍼진다. 이 신경 펩티드들은 감정 전달자로서 작용할 뿐만 아니라 바이러스와 치명적인 질병으로부터 신체를 보호하는 역할도 한다.

제대로 알고 키우자

이 모든 것이 양육 방법에 대해서 무엇을 의미하는지를 정확히 이해하기 위해서, 우람이와 재상이를 관찰하여 보자.

우람이와 재상이는 8살이다. 재상이는 겁이 많고 수줍어 한다. 그래서 거의 매일 울면서 학교에서 집으로 온다. 재상이는 태어난 이후 지금까지 자기의 그림자조차 두려워한다고 재상이 엄마는 말한다.

한편, 우람이는 쾌활하고 인기가 있다. 담임 선생님은 우람이가 천부적으로 리더의 기질이 있다고 말한다. 그러나 우람이 엄마는 우람이가 태어날 때부터 그렇지는 않았다고 말한다. 우람이 엄마는 우람이도 재상이와 같았다고 말한다. 우람이는 낯선 사람에게 맡겨질 때마다 울었고, 낯선 사람과 낯선 환경을 좋아하지 않았다고 한다. 그리고 다른 아이들이 놀이터에서 뒤범벅이 되어서 뛰놀 때에도 혼자 쪼그리고 앉아서 구경하곤 했다고 한다.

재상이와 우람이는 소극적이고 소심한 기질의 소유자이다. 그러나 우람이는 그러한 기질을 극복하도록 엄마가 양육했기 때문에 변화가 온 것이다. 기질은 20%가 선천적으로 결정된다. 기질은 행동뿐만 아니라 현재와 미래의 감정 표현의 청사진을 반영한다. 소심한 아동은 편도선이 완전히 각성된 채로 태어나기 때문에 유전적으로 노르에피네르린(아드레날린: 신경 말단부와 중추 신경계라고 여겨지는 곳에서 생성되는 신경 전달 물질) 또는 감성뇌의 통제소를 과잉 자극하는 뇌 화학 물질을 많이 가지는 경향이 있다.

한 연구는 선천적으로 소심한 아동들 중 65%는 부끄럼을 타고, 수줍어하면서, 점점 더 불안해 하고, 친화성이 결여되고, 사교성이 없는 성인이 되어 간다는 사실을 발견하였다. 이러한 아동들은 대뇌 피질과 편도선 간의 신경경로를 발달시키지 못한다.

또한 이 연구는 선천적으로 소심한 아동들의 30%는 그들이 유치원 다닐 때 과잉 흥분 상태의 감성뇌를 길들여서 다른 아동들처럼 사교적인 아동이 되었다는 사실을 발견하였다. 뇌 발달을 변화시키는 차이로 인하여 아동들 간에는 차이가 있다.

소심한 자녀를 둔 어머니들은 자신의 자녀에 대하여 보호적인 자세를 취한다. 어머니들은 해로운 물건들로부터 자녀를 보호하고 자녀들이 울면 달랜다. 소심한 마음에서 벗어나도록 지도하는 어머니들은 자녀가 그들 자신을 해치는 물건 또는 상황을 극복하는 것을 배워야 한다고 생각한다. 이러한 어머니들은 자녀들의 울음을 달래거나 걱정을 덜어 주지 않는다. 오히려 한계를 분명히 설정하고 복종을 강조한다. 연구에 의하면, 부모들이 소심한 자녀들에게 새로운 장애물과 도전을 끊임없이 부여했을 때, 자녀들은 소심한 마음을 극복하고 이 아동들의 신경 화학 물질이 변화한 것이다.

EQ에도 단계가 있다

아동들은 연령이 증가하면서 신체적, 인지적, 감정적으로 변화한다. 아동의 신경은 미리 예정되어 있는 시간표대로 발달한다. 우리는 아동의 신체 발달 시기를 잘 안다. 아동은 생후 6개월이 되면 앉는 것을 배우고, 생후 12개월에서 18개월 사이에 걷는 것을 배우고, 2세에서 3세 사이에 변기 사용법을 배운다. 우리 자녀들이 예정된 시기에 이러한 신체적 발달에 도달하지 못하면 우리는 소아과 의사를 찾아가 조언을 구한다. 또한 우리는 아동의 인지 발달 시기를 안다. 생후 18개월이 되면 유아는 몇 마디 말을 하고, 2세가 되면 간단한 문장을 말하고, 5세 내지 6세의 유치원생들은 글자와 수를 배운다.

7세가 되면 간단한 문장을 읽고 간단한 덧셈과 뺄셈을 한다. 8세 내지 9세가 되면 아동들은 곱셈 구구단을 암기하는 능력이 발달하지만, 기하학과 대수학은 중학생에게나 가능하다. 왜냐하면 추상적으로 사고하는 능력이 11세 내지 12세가 되어야 발달하기 때문이다.

우리들 대부분은 감성뇌의 발달 단계를 잘 모른다. 감정기술도 각각의 발달단계가 있다. 신체 발달과 인지 발달의 변화를 알지라도 감정 발달의 변화를 고려하지 않으면 장차 문제 발생의 원인이 될 수 있다.

앞에서 언급하였듯이, 4세의 아동들은 줄넘기 놀이에서 계속 실패했는데도 해낼 수 있다는 낙관성과 자신감에 차 있었다. 7세까지의 아동들은 발달 단계로 볼 때 자신의 능력에 자신감을 갖도록 되어 있다. 이 나이까지의 아동들은 노력과 능력을 구별하지 못한다. 그래서 그들이 노력하는 한 언젠가는 성공할 수 있다고 믿는다.

아동들이 초등학교 3학년이 되면 인지가 성숙하여 성취할 수 있는 것과 성취할 수 없는 것을 알 수 있다. 나아가 자신들이 능력이 있거나 없다는 것을 알기 시작한다. 자신들보다 능력이 우월한 친구들만큼 성공하려면 더 노력해야 한다는 사실을 깨닫는다. 8세 내지 12세의 아동들은 노력이 능력을 보충할 수 있다는 사실을 깨닫는다. 만일 이 발달 변화를 고려해서 자녀들이 학교에서 얻는 성적보다도 노력에 대해서 보상을 한다면 자녀들은 좋은 학습 습관을 갖게 될 것이다.

EQ 높은 부모가 되자

완벽한 부모는 없다. 그러나 훌륭한 부모는 있다. 훌륭한 부모란 자녀들이 사회적 성장과 감성적 성장을 위한 기초를 갖추도록 필요한 것을 제공하고, 자녀들이 가정 밖에서 계속 발달을 도모하도록 기회를 제공하는 부모이다. 단 하나의 변화도 자녀의 삶에 심각한 영향을 줄 수 있다. EQ기술들이 마치 자전거 타기와 롤러 스케이트 타기처럼 다른 것으로 인식될 수 있지만 전혀 그렇지 않다. 거의 모든 EQ기술들은 상호관련이 있다. 그래서 당신 자녀에게 한 가지 기술을 가르치면 EQ의 다른 영역에서 변화가 생긴다.

양육방식에는 독재적 양육방식, 자유방임 양육방식, 신뢰적 양육방식이 있다. 독재적인 부모들은 엄격한 규율을 설정하고 자녀가 이 규율을 지키도록 한다. 그들은 자녀들이 버릇없이 굴어서는 안 된다고 믿으며 자녀들이 자기 의견을 말하는 것을 허락하지 않는다. 명령과 통제를 강조하는 것이 자녀에게 부담이 될지라도 독재적인 부모들은 체계와 전통에 입각하여 가정을 다스린다.

통제가 엄격하고 권위가 지배적인 가정에서 성장하는 아동들은 편히 살지 못한다. 이 아동들은 행복하지 못하고, 수줍고, 다른 사람들을 믿지 못하는 경향이 있다. 이 아동들의 자존감의 수준은 낮다.

한편, 자유방임적 부모들은 가능한 한 수용하려 하지만 매우 소극적인 경향이 있다. 자유방임적 부모들은 자녀들에게 무리한 요구를 하지 않을 뿐만 아니라 명확한 목표도 제시하지 않는다. 왜냐하면 자유방임적 부모들은 아동들이 자연적 경향에 따라서 성장해야 한다고 믿기 때문이다.

신뢰적인 부모들은 지도를 하지만 통제하지는 않는다. 그들은 그들이 무엇을 하고 있는지 자녀에게 설명하며 자녀들이 의사결정에 참여하도록 허용한다. 그들은 자녀의 독립심을 존중하지만 가족, 동료, 친구, 사회에 대한 책임감을 강조한다. 의존적 행동과 유아적 행동은 허용하지 않는다. 능력은 격려되며 칭찬 받는다.

신뢰적인 부모들은 자신감에 차 있고, 독립성이 강하고, 상상력이 풍부하고, 융통성이 있고, 건강한 자녀 다시 말해서 감성지능이 높은 자녀를 양육한다.

실제로 아버지는 독재적이지만 어머니는 자유방임적인 가정이 흔히 있다. 그리고 그 반대의 경우도 있다. 이 부모들은 자녀를 양육하는 방법에 있어서 서로 균형이 맞지 않아 혼선을 빚을 수 있다.

자녀를 보호하는 것과 자녀의 변덕을 충족시키는 것은 별개이다. 긍정적인 보호란 자녀가 확실히 인지할 수 있는 방법으로 자녀에게 감정적 환경을 제공하고 양육하는 것을 의미한다.

이러한 유형의 보호는 좋은 성적에 대하여 칭찬하는 것, 또는 저녁 취침 시에 포옹하는 것보다 더 많다. 자녀의 감정 생활에 적극적으로 참여하는 것, 자녀와 함께 놀이를 하는 것, 자녀의 활동에 참여하는 것 등이 긍정적 보호의 한 모습이다.

한 연구는 부모와 자녀의 긍정적 관계가 자녀의 미래에 얼마나 중요한가를 보여준다. 한 연구자가 35년 전에 20세의 하버드 대학생 87명을 대상으로 그들 부모의 양육 방법에 대해서 조사 하였다. 35년 후 이 대학생들이 55세가 되었을 때 이들을 대상 으로 다시 조사하였다. 부모의 양육 방법을 좋아했던 사람들은 집안 내력, 나이, 흡연과 같은 중요 요인과 관계없이 심장병, 고혈압을 포함한 중병에 걸리지 않았다. 그러나 부모의 양육 방법을 싫어했던 사람들은 중병에 걸려 있었다. 이와 같은 연구를 볼 때에 부모는 자녀의 정신 건강과 신체 건강에 중요한 역할을 한다.

TV를 멀리해야 EQ가 자란다

자녀들의 TV 시청습관을 조사해 보라. 담뱃갑에 경고문이 써 있듯이 텔레비전에도 경고문을 제시해야 한다. TV시청이 담배처럼 직접적으로 인체에 해로움을 주지 않을지라도 TV시청은 아동 비만의 중요한 요인이 되고 있다. 비만은 많은 질병의 원인이 되고 생명을 단축시킨다. TV가 물질적 첨가물은 아니라도 심리적 첨가물이라는 것은 의심할 여지가 없다. TV 그 자체가 나쁘지는 않지만 TV 앞에서 빈둥빈둥 보내는 시간은 EQ의 성장을 방해한다.

대부분 아동들은 일주일에 24시간 이상 TV를 시청한다. 즉 일주일에 하루 동안은 꼬박 TV를 시청하는 셈이다. 사실, 아동들은 하루 활동 중 잠자는 시간을 제외하고는 TV 시청 시간이 제일 많다. 5세의 아동의 TV 시청 시간은 대학생의 강의 시간과 맞먹는다. 전문가들이 과도한 TV 시청은 자녀들에게 좋지 않다고 주장할지라도 부모들이 이미 TV 시청에 중독되어 있기 때문에 자녀들의 TV 시청을 통제할 수 없다.

그러나 감성지능이 높은 자녀로 키우려면 자녀의 TV 시청을 엄격히 제한해야 한다. 비디오 시청, 비디오 게임을 포함하여 TV 시청 시간을 2시간 이하로 줄여야 한다. 아동은 물론 성인들도 마찬가지로 손에 TV 프로그램 일정표를 들고 자녀들과 앉아서 자녀들이 시청하기를 원하면서도 부모들이 인정하는 프로그램을 선정하도록 지도해야 한다. TV 프로그램이 하루 꽉 차 있을지라도 아동들의 흥미를 끄는 프로그램은 그리 많지 않다. 자녀의 TV 시청 시간표를 작성하는 것이 우선 필요할지 몰라도 일단 자녀가 TV에 멀리 있게 된 것만 해도 자녀의 창의성을 조성한 셈이다. 다음은 TV 시청을 대신할 활동을 계획하는 것이다. 비디오게임을 치워버리고 도서관에 가서 책들을 빌려도 좋고, 스포츠 센터에 가서 등록시켜도 좋다.

컴퓨터에 소비하는 시간과 TV 시청에 소비하는 시간은 같지 않다. 왜냐하면 컴퓨터에 소비하는 시간은 빈둥빈둥 보내는 시간이 아니고 적극적으로 보내는 시간이며, 컴퓨터는 EQ 기술을 가르치는 데 많은 잠재력을 가지고 있기 때문이다. 그렇다 할지라도 컴퓨터는 단지 가상현실 세계를 제공할 뿐이다. 아동에게 살아있는 생생한 느낌과 운동장의 냄새를 제공할 수 없기 때문에 컴퓨터에 소비하는 시간도 제한해야 한다.

부모의 EQ점검표

이 점검표의 목적은 부모가 얼마나 높은 점수를 얻을 수 있는가를 알아보는 데 있는 것이 아니라 자녀의 EQ를 향상시키기 위한 길라잡이를 부모에게 제공하는 데 있다.

1. 당신은 심각한 문제를 자녀에게 숨깁니까?
   예   아니오

<답 : 아니오>

대부분 심리학자들은 부모들이 심각한 문제들을 매우 어린 자녀들에게조차도 숨겨서는 안된다고 생각한다. 아동들은 생각보다는 훨씬 탄력 있고, 사실감 있는 문제의 설명은 아동들에게 도움이 된다.

2. 당신은 당신의 약점을 솔직하게 인정합니까?
   예   아니오

<답 : 예>

아동들의 사고와 기대가 진실해지려면 부모의 약점뿐만 아니라 장점도 수용하는 것을 배워야 한다.

3. 당신의 자녀는 1주일에 12시간 이상 TV 시청을 합니까?
   예   아니오

<답 : 아니오>

　　아동들은 보통 일주일에 24시간 정도 TV를 시청한다. TV 시청이 너무 많다. 소극적 활동은 EQ 기술을 증진시키지 못한다. 폭력적인 TV 장면은 분노를 통제하지 못하는 아동들에게 특히 문제가 된다.

4. 당신은 컴퓨터를 가지고 있습니까?

　　예　　　　　　　　　　아니오

<답 : 예>

　　한때, 심리학자들과 사회학자들은 컴퓨터와 컴퓨터 게임이 아동의 사회성 발달에 좋지 않은 영향을 줄 수 있다고 생각하였지만, 그 반대로 컴퓨터와 컴퓨터 게임은 아동의 사회성의 발달에 영향을 줄 수 있다. 아동들은 컴퓨터 온라인서비스를 이용하여 EQ 기술을 향상시킬 수 있다.

5. 당신은 자신을 낙관적인 사람이라고 생각합니까?

　　예　　　　　　　　　　아니오

<답 : 예>

　　연구 결과에 따르면, 낙관적인 아동들이 더 행복하고 학교 생활을 더 성공적으로 하며 신체적으로 더 건강하다. 자녀들이 낙관적인 태도를 갖느냐 또는 비관적인 태도를 갖느냐는 부모에게

달렸다.

6. 당신은 자녀가 친구들과 친하게 지내도록 도와줍니까?

    예   아니오

<답 : 예>

아동발달 연구자들은 가장 친한 친구를 갖는 것은, 특히 9세에서 12세 사이에 있는 아동들에게는 중요한 발달현상이며, 친밀한 관계를 갖는 기술을 배운다고 주장한다. 자녀가 걷기 시작할 때 친구를 사귀는 기술을 가르쳐야 한다.

7. 당신은 자녀가 TV를 시청하거나 비디오 게임을 할 때 폭력 장면을 통제합니까?

    예   아니오

<답 : 예>

TV 폭력 장면 또는 컴퓨터 게임이 아동들을 공격적으로 이끈다는 명확한 증거는 없을지라도 그것은 타인을 배려하는 마음을 둔감하게 한다.

8. 당신은 하루에 15분 이상 자녀와 함께 놀거나 활동합니까?

    예   아니오

<답 : 예>

불행히도, 오늘날 부모들은 자녀들과 함께 시간을 보내지 않

는다. 자녀들과 함께 놀거나 활동을 하면 자녀들의 자신감이 향상된다.

9. 당신은 명확하고 일관되게 자녀를 훈육합니까?

　　예　　　　　　　　　　　　아니오

<답 : 예>

신뢰적인 양육 방법은 아동들이 오늘날 경험하는 많은 문제점을 예방할 수 있을 것이다. 신뢰적인 양육 방법은 애정 깊은 양육과 일관되고 적절한 훈육의 조화이다. 양육 전문가들은 자유방임적인 부모들이 반항과 반사회적 행동을 비롯한 아동문제들을 야기한다고 주장한다.

10. 당신은 자녀와 함께 정기적으로 사회 봉사활동에 참여합니까?

　　예　　　　　　　　　　　　아니오

<답 : 예>

자녀들은 말보다는 행동으로써 다른 사람들에게 관심을 갖는 것을 배운다. 사회 봉사활동은 아동들에게 많은 사회기술들을 가르치며 그들을 곤란에서 벗어나게 해준다.

11. 당신은 질병이나 실직같은 고통스런 문제에 대해서도 자녀에게 솔직하고 성실하게 말합니까?

예   아니오

<답 : 예>

　많은 부모들은 자녀들의 천진 난만함을 보호하기 위해 자녀에게 스트레스를 주지 않으려고 노력한다. 그러나 이것은 이롭기는커녕 해롭다. 스트레스를 효과적으로 다루는 것을 배우지 않는 아동들은 성장하면서 더 심각한 문제에 상처 입기가 쉽다.

　12. 당신은 스트레스, 고민, 불안을 극복하는 방법을 자녀에게 가르칩니까?

예   아니오

답 : 예

　4세~5세의 자녀에게도 기분전환 방법을 가르칠 수 있다. 이것은 자녀들이 당면한 문제들을 극복하는 데 도움이 될 뿐만 아니라 건강하고 오래 사는 데도 도움이 된다.

　13. 당신은 자녀가 문제 해결에 어려움을 겪고 있을 때 개입합니까?

예   아니오

<답 : 아니오>

　아동들은 생각보다는 훨씬 어린 나이에 문제를 해결할 수 있다. 아동들이 자신들의 문제를 해결하는 것을 배울 때 그들은

자신감을 얻고 중요한 사회기술을 배운다.

14. 당신은 가족회의를 정기적으로 갖습니까?

　　　예　　　　　　　　　　아니오

〈답 : 예〉

모델링은 아동들에게 감성기술과 사회기술을 가르치는 가장 중요한 방법이다. 가족회의는 아동들에게 문제 해결기술과 집안의 역할을 가르치는 이상적인 방법이다.

15. 당신은 자녀가 다른 사람에게 항상 예절을 지키도록 강조합니까?

　　　예　　　　　　　　　　아니오

〈답 : 예〉

예절은 가르치기 쉽고 학교와 사회의 성공에 매우 중요하다.

16. 당신은 일상생활에서 자녀에게 유머를 가르칩니까?

　　　예　　　　　　　　　　아니오

〈답 : 예〉

연구 결과에 따르면 유머감각은 중요한 사회적 기술일 뿐만 아니라 아동의 정신적 건강과 신체적 건강에도 중요하다.

17. 당신은 자녀의 학습 습관이 안정되어 있다고 생각합니까?

　　　예　　　　　　　　　　　아니오

<답 : 예>

학습 습관과 업무 기술은 안정되어 있어야 한다. 학교와 직장에서 성공하려면 당신의 자녀는 자기 훈련, 시간 관리, 조직 기술을 배울 필요가 있다.

18. 당신은 자녀가 일이 너무 어려워서 불평하거나 실패할지라도 계속 노력을 하도록 지도합니까?

　　　예　　　　　　　　　　　아니오

<답 : 예>

성취자의 가장 중요한 속성은 좌절을 극복하는 능력과 실패에도 불구하고 끈기 있게 노력하는 능력이다.

19. 당신은 자녀에게 규칙적인 식사 습관과 정기적인 운동을 강조합니까?

　　　예　　　　　　　　　　　아니오

<답 : 예>

규칙적인 식사 습관과 정기적인 운동은 신체건강에 좋다. 뿐만 아니라 건강한 생활양식은 뇌 발달의 생화학적 조성에 중요한 역할을 한다.

20. 당신은 자녀가 정직하지 않다는 것을 알고 있을지라도 자녀와 마주 대합니까?

　　　　예　　　　　　　　　　　아니오

　　　　　　　　　　　　　　　　　　　〈답 : 예〉

아동들이 나이가 들어감에 따라 정직에 대한 이해력이 변화할지라도 정직은 가정에서 항상 강조되어야 한다.

21. 자녀가 자신 또는 다른 사람에게 해로운 짓을 하지 않는가 의심이 갈지라도 자녀의 프라이버시를 존중합니까?

　　　　예　　　　　　　　　　　아니오

　　　　　　　　　　　　　　　　　　　〈답 : 예〉

자녀를 키울 때, 프라이버시와 신뢰는 밀접한 관계를 맺고 있다.

22. 당신은 자녀의 학습 문제에 관여하지 않고 교사에게 위임합니까?

　　　　예　　　　　　　　　　　아니오

　　　　　　　　　　　　　　　　　　　〈답 : 아니오〉

동기 부여는 가정에서 시작된다. 연구 결과에 의하면 부모가 자녀의 교육에 관심을 가지면 가질수록 자녀들은 학습에서 성공한다.

23. 당신은 자녀와 유사하거나 동일한 장애를 갖고 있기 때문에 자녀의 장애를 묵인해야 한다고 생각합니까?

　　　　예　　　　　　　　　　　아니오

<답 : 아니오>

　아동들이 그들 부모와 같은 장애를 갖고 있다는 것은 놀랄 일이 아니다. 만약 당신이 우울증 또는 나쁜 성질과 같은 심각한 문제로 고심한다면 당신은 자녀의 행동뿐만 아니라 당신 자신의 행동도 변화시키는 방법들을 모색해야 한다.

24. 당신은 자녀로 하여금 화를 나게 한 것에 대해 그들이 말하기를 원하지 않는다면 그들을 내버려둡니까?

　　　　예　　　　　　　　　　　아니오

<답 : 아니오>

　일부 아동들은 자신들로 하여금 화를 내게 한 것에 대해 말하고 싶어하지 않는다. 그러나 감성지능의 관점에서 볼 때, 자녀로 하여금 그들의 감정 또는 느낌들을 말하도록 강력히 권해야 한다. 문제들에 대해서 말하고 감정 또는 느낌들을 표현하는 것은 아동 뇌 발달의 방법을 변화시키고 감정뇌와 사고뇌를 연결시킨다.

25. 당신은 모든 문제는 해결될 수 있다고 생각합니까?

　　　　예　　　　　　　　　　　아니오

  문제만을 꼼꼼히 생각하는 것 대신에 해결책을 찾는 것을 청소년, 성인뿐만 아니라 아동들에게도 가르쳐야 한다. 세계를 보는 적극적인 방법은 관계성뿐만 아니라 자신감을 키울 수 있다.

제2부
EQ, 기초가 중요하다

자녀들의 EQ를 돌보는 것은 자녀들의 신체를 돌보는 것과 다를 바 없다.

자녀를 위해 다양한 기회를 제공하라.

중요한 인격기술을 가르치는 데 투자된 시간은 값비싼 미래시간을 절약하고 차후의 심각한 문제를 예방할 것이다.

1장 · 굿모닝 EQ

　기진맥진한 듯 자포자기한 듯한 어머니가 아들을 데리고 와서 도움을 요청하였다. 그 아동(8세)은 사기꾼처럼 보였다. 아동의 이름은 영수인데 그는 매일 저녁 어둡기 전에 귀가해야 한다는 어머니의 가르침을 무시하였다. 어두울 때까지 친구 집에 있으면서 엄마에게 지금 집에 가겠다고 전화를 하면 더 시간을 끌 수 있고, 자전거를 타고 밤늦게 집에 가면 엄마가 나무라지 못할 것이라는 사실을 알았다. 영수는 더 교활해지고 있었다. 그것만이 전부가 아니었다. 그의 어머니는 아들이 비열해지고 있다고 말하였다. 영수는 힘이 약한 아동들을 괴롭혔다. 어릴 때 귀엽고 사랑스러웠던 모습은 어디에도 없고 점점 비열해지고 이기적으로 변하였다. 그녀는 아들이 옳고 그름을 알지 못하고, 그의 행동이 다른 사람들 특히 그의 어머니에게 상처를 준다는 사실을 전혀 이해하지 못하는 것에 대해서 걱정하였다.

　무엇보다도 먼저 영수의 어머니는 영수가 장차 어떤 사람이 될 것인가 걱정하였다. 영수의 문제를 감당할 수 없었기 때문에 부모들은 몹시 지쳐 있었다. 그녀는 매일 아들과 이런 갈등에 휩싸여 있었기 때문에 영수를 다른 사람들을 배려하고 다른 사람들의 상처를 이해하는 도덕적인 사람으로 키우는 것에 대하여 상상할 수조차 없었다. 영수 어머니의 절망이나 영수 자신의 문제 행동에도 불구하고 나는 영수가 나쁜 아동이 아니라고 말하였다.

그는 실제로는 사랑을 받고 싶었고 어머니를 무척 사랑하였다. 그의 인격은 단순히 균형을 잃었을 뿐이고 원만하지 않은 상태였다. 영수는 독립욕구, 참을성, 용기를 갖고 있었다. 그의 조종능력에 의해서 증명되었듯이 그는 정교한 문제 해결가였다. 그러나 영수에게는 감정이입, 책임감, 자기인식, 자기단련, 감성 지능기술이 결여되어 있었다. 그날 그의 어머니는 마지막 희망을 발견하였다. 그녀는 영수의 그런 특성들을 계발할 수 있는 방법을 찾겠다고 결심하였다.

우리는 도덕적으로 애매한 세계에서 자녀를 양육하고 있다. 우리는 자녀를 훈육하는 것 외에 그 이상의 무엇인가를 하여야 한다. 훈육을 도덕적이고 성공하는 자녀로 만드는 방법이라고 대단히 오해를 하고 있다. 훈육으로 인하여 자녀가 얌전히 행동하지만 그 행동은 피상적으로 오래 지속될 뿐이다. 이 책은 감성적으로나 지적으로나 능력 있고 신뢰할 수 있는 자녀로 양육하기 위한 지침서이다.

자녀들에 대한 부모들의 공통된 불평

- 자녀들이 부모의 말을 듣지 않으려고 한다.
- 자녀들이 숙제를 잘 하려고 하지 않는다.
- 자녀들이 생각 없이 행동한다.
- 자녀들이 동생을 괴롭힌다.
- 자녀들이 너무 쉽게 포기한다.
- 자녀들이 규칙을 어긴다.
- 자녀들이 방을 청결하게 하려고 하지 않는다.
- 자녀들이 부모와 대화를 하려고 하지 않는다.

부모들이 원하는 자녀의 모습

- 정의롭고, 정직하고, 친절한 사람
- 법과 권위를 존중하는 사람
- 독립정신이 강한 사람
- 성공하는 사람
- 도덕적이고 지조가 있는 사람
- 신뢰할 수 있고 예의바른 사람
- 규칙을 준수하고 책임을 수행하는 사람
- 총명하고 의욕적인 사람
- 자신의 몸을 아끼는 사람
- 크고 작은 문제를 해결하는 사람
- 인생을 즐겁고 행복하게 사는 사람
- 훌륭한 사람

인격 형성이 최우선이다.

영수의 어머니처럼, 많은 부모들은 장기적인 자녀 양육 목표를 가지고 있지 않다. 그저 단기적인 자녀 양육 목표에만 많은 관심을 보일 뿐이다. 바쁜 업무, 빡빡한 스케줄, 끝없는 업무 등에 의하여 부모의 역할이 방치되고 있다.

자녀교육에 있어 최우선을 두어야 하는 것은 인격 형성이다.

인격이란 행동을 목표로 지향시키면서 인생을 안내하는 내적 지식, 느낌들, 가치들이다. 우리는 일련의 경향성과 인성 특질을 가지고 태어나지만 이것만으로는 인격이 형성될 수 없다. 인격은 존재의 방식이 아니라 기능의 방식이다. 달리 말하면, 인격은 평생의 경험과 학습에 의거해 발달되는 기술, 습관, 능력, 비결의 균형과 통합이며 기질을 초월하는 개인의 능력이다.

아동들이 기술, 특성, 비결을 계발하기 위해서는 인격 발달을 위한 성장환경이 필요하다. 인격 형성 환경을 위해서는 지식과 지력, 안정과 균형, 무조건적 사랑과 수용, 감화와 모범이 구체화되어야 한다.

이 4가지 초석들을 놓아야 할 책임은 아동들이 아닌 부모, 보호자, 교육자들에게 있다. 인격 발달은 아동들이 세계를 이해하고 합리적인 의사결정을 하기 위하여 필요한 지식, 급속도로 변화하는 세계에서 삶의 균형을 잡는 데 도움이 되는 안정성, 안전과 안락을 주는 무조건적 사랑, 모범과 실천, 항상 소속감을 느낄 수 있는 가정과 사회를 제공하는 사람들에게 달려있다. 이러한 초석들이 없다면, 아동들은 제대로 인격을 형성할 수 없다.

사상누각(沙上樓閣)을 상상해 보라. 사상누각이 그 자체의 무게와 구조의 압력으로 무너지는 경우를 생각해 보라. 혼란과 재앙의 모습이 마음 속에 항상 나타날 것이다. 아동들도 마찬가지로 견고한 초석 없이 성장함으로써 삶의 무게와 압력으로 붕괴되도록 방치되어서는 안 된다.

인격에도 기술이 필요하다

삶의 난제들을 헤쳐나가기 위해서는 많은 기술과 능력이 필요하다. 이들 중 핵심을 발췌하였다. 각 기술은 다른 기술들과 함께 작용할 것이며 아동의 연령과 발달능력에 연관되어 발달할 것이다. 인격은 성장되고 학습된다. 인격기술들은 다음과 같다.

- 개인 잠재력: 자각, 자존, 동기
- 자기인식: 감성관리, 통찰력과 표현, 직관
- 사회적 조화, 인간기술 : 의사소통기술, 사회적 능력,
  팀워크 기술들
- 감수성 : 도덕적이고 양심적인 의사결정, 독자적인 사고
- 유희 : 기쁨, 스트레스 해소, 마음의 평화
- 임기응변 : 위기관리와 갈등해결
- 인간 사랑 : 감정이입, 존중, 감사

이 기술들은 역경, 사회악, 재앙에 대항하는 부모와 자녀들의 무기이다.

아동들은 좋은 사람, 도덕적인 사람, 양심적인 사람이 되기 위해서 뿐만 아니라 생존하기 위해서 이 기술들을 필요로 한다. 독자들의 목표가 나의 목표이다. 점진적인 접근방법은 시간이 걸리지만 결국에 그것은 가치 있는 보상을 주고, 시간을 절약하며, 고통을 덜어 준다.

시간이 필요하다

감정이입 인격기술을 향상시키는 기회를 갖게 되면 부모들이 자녀로 하여금 감정이입적으로 되도록 잔소리를 할 필요가 없다. 또한 자녀가 다른 사람들의 감정을 상하게 할 때마다 처벌할 필요가 없다. 부모들이 감사하는 마음을 표현하도록 강요하거나 꼬드기는 대신에 감사하는 마음을 표현하는 능력을 형성할 기회를 자녀들에게 주면, 그들은 생일을 기념해 주거나 선물을 주는 사람들에게 고마움을 느끼고 표현하고 싶어할 것이다.

아동들의 인격과 감성지능을 형성하기 위해서는 시간이 필요하다. 시간은 선택이 아니라 필수다. 인격을 가르치기 위하여 아동들과 활동하는 데 걸리는 시간에 대하여 질문을 받으면, 나는 "자녀와 외출할 때 당신은 자녀에게 자외선 차단 크림을 발라주나요?"라고 질문한다. 잠시 후에, 나는 온 가족에게 크림을 바르는데 시간이 얼마나 걸리는지 질문한다. 5분? 10분?

다음에는 "한여름 "자녀들이 비를 맞으면 어떤 일이 생길까요? 다른 크림이 필요하지 않을까요? 또 5분 또는 10분이 필요하지요?"라고 질문한다. 자외선 차단 크림을 바르는 데 시간을 투자하지 않으면 어떤 일이 발생할 것인가를 부모들에게 질문을 하면 이해의 표정이 얼굴에 나타난다. 그들이 갑자기 깨닫는 요점은 크림을 바르는 데 걸리는 5분 또는 10분은 화상이나 피부암을 치료하는 데 걸리는 시간에 비하면 아무것도 아니라는 사실이다.

자녀들의 EQ를 돌보는 것은 자녀들의 신체를 돌보는 것과 다를 바 없다. 중요한 인격기술을 가르치는 데 투자된 시간은 값비싼 미래 시간을 절약하고 차후의 심각한 문제를 예방할 것이다.

놀면서 배운다

놀이는 아동을 가르치는 가장 효과적인 방법이다. 놀이를 통하여 말로 표현하기 어려운 감정들, 복잡한 개념들, 철학적 원리들을 가르칠 수 있다. 자녀와 놀이를 할 때 자녀에게 문제 해결 방법과 심신자극 방법들을 보여주고 가르쳐 준다. 여타 교수방법들과는 달리 놀이는 모든 감각을 동원하여 아동들을 학습에 참여시킨다. 아동들은 듣거나 보기만 하는 것이 아니라 듣기도 하고 보기도 한다.

과거 놀이경험을 생각해 보자. 당신이 도자기를 만드는 방법을 배우기 위하여 학원에 갔을 때 한 강사가 도자기에 관한 슬라이드를 시간 내내 보여 주었다. 당신은 점토작업을 얼마나 배울 수 있겠는가? 또 다른 강사는 설명을 하고 시범을 보이면서 당신에게 젖은 점토 덩어리를 건네주고 그것을 반죽하도록 해서

틀에 올려놓고 돌리게 하고 다양한 기법들로 실습하도록 했다. 당신은 어떤 강좌에서 도자기 제조방법에 대하여 더 배웠다고 생각하는가?

놀이는 아동의 세계이다. 놀이는 세계를 이해하는 자연스러운 방법이다. 예를 들어, 영희가 모래성을 만드는 것을 어떻게 배우고 아울러 자신감과 독립심을 어떻게 형성하는가를 생각해 보라. 우선 영희는 양동이를 마른 모래로 채운 다음 그것을 뒤집어 놓았다. 그것은 커다랗고 푸석푸석한 모래 덩어리일 뿐이었다. 천부적인 문제 해결가이기 때문에 영희는 투덜거리거나 도움을 요청하지 않았다. 그리고 주위를 둘러보고 모래성을 만들기 위하여 젖은 모래를 사용하는 친구들을 살펴보았다. 영희는 해변으로 걸어가 진흙을 양동이에 넣고 그것을 휘저었다. 그 진흙은 양동이에서 굳어져 버렸다.

쉽게 포기하지 않고 영희는 건조한 모래와 축축한 모래의 중간모래를 발견하여 양동이에 가득 채웠다. 그리고 양동이를 톡톡 가볍게 친 다음 조심스럽게 모래 덩어리를 끌어 올렸다. 그리고 완벽하게 만들어진 모래성을 보고 놀람을 감출 수 없었다. 놀이를 통하여 영희는 문제를 해결하였다. 이것은 자연발생적인 학습경험이다.

아동들이 이와 같은 방식으로 학습한다면 그 효과는 클 것이다. 그러나 그들이 그렇게 하지 않는다면 우리가 의미있는 놀이경험을 아동들의 삶에 주입시킬 필요가 있다. 교육활동에서뿐만 아니라 놀이는 건강에 필수적이고 스트레스를 줄여주고 창의성을 향상시킨다. 따라서 놀이는 아동 인격교육을 위한 탁월한 방법이다.

성민이(4세)는 도깨비 공포증을 가지고 있었다. 성민이 어머니는 도깨비는 존재하지 않는다고 논리적으로 말했지만 성민이는 엄마의 말을 믿으려고 하지 않았다. 어머니의 설명은 오히려 사태를 악화시켰다. 왜냐하면 성민이가 어느 누구도 자신을 이해하지 못한다고 확신했기 때문이다. 그의 공포는 더욱 심각해졌다. 그래서 밤에 잠을 잘 수가 없었고, 어떠한 일도 할 수가 없었다.

도깨비 공포는 그의 생활과 인격기술 발달을 가로막았다. 왜냐하면 성민이는 이 난제를 해결하기 위하여 용기와 문제 해결 기술을 끌어들일 수 없었기 때문이다. 성민이 어머니는 아들을 돕기 위해서는 아들처럼 생각해야겠다고 결심하였다. 그녀는 아들에게 도깨비는 아이들을 잡아먹지 않고 건포도를 좋아한다고 말하였다.

일주일 내내 밤마다, 성민이는 건포도 한 웅큼을 움켜쥐고 잠을 자러 갔다. 그리고 아침에는 건포도가 감쪽같이 사라졌다. 사실은, 매일 밤 어머니가 성민이의 주먹을 펴고 그 건포도를 가져간 것이었다.

결국, 성민이는 어머니가 그를 믿는다고 느꼈고 또한 그가 그 상황을 통제할 수 있었기 때문에 성민이의 행동은 완전히 바뀌었다. 성민이는 도깨비 환상에서 벗어났다.

더 좋은 현상이 그 이후에 발생하였다. 성민이는 도깨비 공포에 사로잡힌 여동생에게 "걱정하지 마! 도깨비는 사람을 잡아먹지 않아. 도깨비는 건포도를 먹는단다. 내가 방법을 알려 줄게"

라고 말하였다. 성민이는 어머니에게 돌아서서 윙크를 하였다.
성민이는 용기와 문제 해결능력을 계발하였다. 뿐만 아니라, 여
동생에 대한 감정이입을 획득하였다.

성민이는 이 중요한 인격기술들을 놀이를 통해서 형성하였다.
놀이를 통해서 지혜를 얻는 것은 영희와 모래성처럼 자연스럽게
발생하기도 하고, 어떤 때는 성민이와 도깨비처럼 생각을 요하
는 경우도 있다. 대부분의 경우는 놀이경험을 만들어 내는 부모
에게 달려 있다.

2장 · 학습환경의 토양을 준비하라

지식은 마음의 안경이다. 지식은 경험을 선명하게 하고 판단을 날카롭게 하며 주변세계에 초점을 맞추도록 도와준다. 아동들은 자신들의 경험을 해석하고 생각을 정리함으로써 지식을 쌓는다. 그들은 차후에 활용하기 위하여 지식을 저장하고, 인출하고, 그 다음 상황에 적용하고, 재해석하고, 다시 저장한다. 아동들이 이 과정을 경험할 때마다 그들은 자신들의 지력(지식)을 정제한다.

아동들은 선천적으로 정보의 욕구를 가지고 있다. 자신들의 호기심을 만족시키기 위하여 부단히 노력한다는 점에서 확실하다. 호기심을 학습의 씨앗으로 생각한다면 마땅히 성장하도록 환경을 조성해 주어야 한다. 부모들과 성인들이 비옥한 학습환경의 토양을 준비해야 한다. 부모가 가정에서 개방적이고 자율적인 학습 분위기를 조성할 때 자녀의 지식은 향상한다. 이러한 환경에서 자녀는 학습에 대해서 좋게 생각하는 것이다.

학습과정은 매일 24시간, 매주 7일, 아동기 내내 계속 진행된다는 것을 명심해야 한다. 학습은 학교를 졸업한 후에도 끊이지 않는다. 살아가면서 학습할 기회는 많다. 그러나 많은 성인들은 이러한 기회들을 이용하지 않는다. 그들은 스스로 새로운 지식을 거부하고 성인초기에 학습과정을 마감한다. 의욕적으로 지식을 추구하는 사람들은 도덕성과 사랑과 같은 무정형의 지식을 끊임없이 정련한다.

학습과정은 정보투입으로 시작한다. 그러나 자녀를 컴퓨터로 취급해서 단순히 데이터를 입력하지는 말아야 한다. 아동은 새로운 정보를 검사해야 한다. 왜냐하면, "식탁에 올라가지 말아라"고 단순히 말하는 것은 충분하지 않기 때문이다. 만약 그가 그렇게 하면 어떤 일이 생길 것인가를 알게 해야 한다. 지식은 교육과 관찰로 연마되고 경험을 통해서 예리해진다. 예를 들어, 한 아동이 야구배트 스윙방법을 듣고 계속 스윙을 하지만 거듭 볼을 놓친다. 그런데 마침내 볼을 치게 되면 배트의 타격소리와 타격의 쾌감으로 그는 야구를 매우 좋아한다.

아동들, 특히 영아들이 새롭고 흥미로운 인지발달 단계에서 다음 인지발달 단계로 도약할 때, 학습은 발생상 남에게 의존한다. 연령에 따라 아동이 이해할 수 있는 정보의 유형, 학습 방법, 학습의 양이 달라진다. 그러나 아동들은 각각 독특한 학습양식을 가지고 있다. 어떤 아동은 구조화된 교과를 통해서 학습을 잘 하는 반면에 다른 아동들은 학습자료가 가시적이고 예증적인 방법으로 제시될 때 학습을 잘한다. 학습에는 노력과 인내가 요구된다. 아동들은 노력이 전문적 지식에 이르는 왕도이고, 전문적 지식이 가장 큰 인생의 기쁨이라는 것을 알 필요가 있다.

지식과 지력이 풍부한 아동의 특징

- 더 나은 의사결정을 할 수 있다. 그들은 상황을 정확히 파악하고, 목표를 구체화하고, 목표에 접근하는 방법을 이해하기 위하여 자신들의 지식과 지력을 이용한다. 그들은 이 지식과 지력을 아동기 내내 계속 이용한다.
- 자신들의 주변에서 무엇이 진행되고 있는지를 설명할 수 있으며 자신들의 사고, 느낌, 행동들을 이해할 수 있다.
- 공포와 불안을 통해서 용기를 계발할 수 있다.
- 구급환자 발생, 화재 발생, 친구들의 폭력과 같은 어려운 상황에서조차 성급한 결론을 내리기보다는 순식간에 의사결정을 할 수 있다.
- 이해하지 못하거나 틀렸다고 생각하는 정보에 대해서 질문을 하고 도전을 한다. 그들은 부모 또는 교사가 그들의 질문에 대해서 솔직하게 대답해 주리라고 확신한다.
- "아하! 알았다!"라고 말하는 그 통찰의 짜릿한 기쁨을 안다. 이 때, 그들은 학습은 자기확신이라는 것을 알고 더 학습을 갈구한다.
- 자신감과 자부심을 얻게 되어 학습욕구를 갖게 된다. 지식과 지력은 자연히 증가하기 마련이다. 왜냐하면, 아동들은 성인들이 얼마나 많이 알고 있는가를 이해할 뿐만 아니라 그들이 배워야 할 것이 얼마나 많이 있는가를 알기 시작하기 때문이다.

지식과 지력이 빈약한 아동의 특징

· 결과를 고려하지 않고 성급한 결론을 내리며 충동적으로 행동한다.

· 오로지 자신들의 직관 또는 다른 사람들의 지시에 의존한다.

· 정보를 왜곡할 수 있다. 정보의 왜곡은 오해, 혼란, 불안을 낳을 수 있다. 아동들이 잘못된 정보에 의존할 때 그들은 학습에 실패할 수 있다. 그리하여 그들은 자신의 판단보다는 정보가 잘못되었다고 결론을 내린다.

지식과 지력을 향상시키는 방법

· 부모들은 무엇을 어떻게 가르칠 것인가를 알아야 한다. 가르치는 것과 실행하는 것이 일치해야 한다. 부모 자신들은 흡연을 하면서 자녀들에게 흡연을 하지 말라고 하면 과연 설득력이 있을까?

· 부모들은 자녀들의 능력의 한계를 고려해야 한다. 부모들은 자녀들이 처리할 수 있는 정보의 내용과 자녀들에게 그 정보를 전달하는 최선의 방법을 생각해야 한다. 부모들은 자신들의 아동기를 상기해 보고 자신들에게 가장 적합했던 것을 기억해 보도록 해야 한다.

· 부모들은 자녀의 학습 스타일, 강점과 약점에 대해서 잘 알아야 한다. 부모들은 신중한 관찰자이어야 한다. 자녀가 새로운 과제와 씨름하는 것 또는 장난감을 조립하는 것을 지

켜 보라. 자녀가 언제 좌절하고 포기하는가, 그리고 언제 성취의 기쁨으로 흥분하는가를 주목하라. 자녀는 매번 어떻게 문제를 해결하는가? 그는 각각의 과제에 어떻게 접근하는가?

• 부모들은 정보획득 학습을 강조해야 한다. 부모가 개방적이고 자극적인 분위기를 조성한다면 자녀는 새로운 정보를 처리하는 과정을 좋아할 것이다. 성공은 강력한 동기를 부여한다. 경험을 통해서 학습하는 아동은 이해의 기쁨을 안다. 이러한 아동은 계속 동기를 갖게 된다.

• 부모들은 정보 접근로를 통제해야 한다. 어린 자녀에게 자동차 키를 함부로 넘겨주지 않듯이 텔레비전, 영화, 비디오 게임, 컴퓨터 등을 통제해야 한다.

• 부모들은 자녀의 학습 스타일, 연령, 발달뿐만 아니라 가정과 학교환경을 생각해 보아야 한다.

• 부모들은 아동들에게 교사와 같은 존재다. 교사는 항상 가르치려고 하고 학습을 촉진시켜주고 대답을 찾도록 도와준다.

지식과 지력을 향상시키는 활동들

가정 보감을 만들자

우리는 항상 배운다. 신문을 펼칠 때에도 또는 친구와 논쟁할 때에도 지식의 기반은 확장된다. 아동들은 학교에서 학습경험을 갖는다. 그러나 학교학습 내용은 아동들이 예기치 않은 경우에

우연히 부딪치는 것들이다. 가정 보감을 제작함으로써 자녀들은 학습과정의 기록을 남길 수 있다.

모든 유형의 학습, 사실, 통찰, 취득 등등을 노트에 기록한다. 학문적인 내용(예를 들면, 공자의 사상)뿐만 아니라 실용적인 내용(예를 들면, 김치 담그는 방법)도 기록한다. 가정 보감을 '세계에 관한 사실', '사람들에 관한 사실', '유용한 가정 정보'와 같이 범주화하는 것이 좋다. '신곡', '동물', '야구'와 같이 개인의 관심 영역에 따라 장(章)을 만들어 본다. 가정 보감을 잡지로 간주해서 새로운 정보를 기록할 때마다 날짜를 표기해도 좋다. 자녀들은 지식을 배운 방법과 시기를 알고 놀랄 것이다. 그들이 가정 보감을 한 쪽 한 쪽 넘길 때, 그들은 순수한 정보에 놀랄 것이고 구체적이고 방대한 지식을 가지고 있다는 것에 자긍심을 느낄 것이다.

함께 꾸미는 가정백과사전

이것은 성적표, 수필, 시험문제, 신문 브리핑 등을 저장하는 스크랩북이다. 가정백과사전은 가정 보감과 비슷하지만 배웠던 사실들과 기술들의 기록이라기보다는 가족 작품과 관심사를 모아 놓은 책이다. 가족의 관심사를 게재한 잡지와 신문의 기사뿐만 아니라 학업 성적표도 넣는다. 그리고 당신의 사업 계획서와 취미를 넣어보라. '가정생활 보고서', '다양한 문화', '휴일'과 같이 범주화하여 내용을 꾸민다. 가족들은 가족백과사전을 학습과 영감을 위한 자료로 활용할 수 있다. 이 스크랩북을 자녀들이 쉽게 볼 수 있는 곳에 둔다. 그러면 그것을 넘겨보면서 그들의 작품에 놀라기도 하고 비판도 할 수 있을 것이다.

생일 일지

자녀의 생일에 자녀가 지난 1년 동안 학습한 모든 것을 기록한다. 이것은 자녀가 열두 달 동안 무엇을 학습했는지를 알아본다는 점에서 가정 보감과는 다르다. 다 함께 앉아서 자녀가 지난 생일 이후 획득한 신체적 기술들, 지력 성장, 지식의 정도를 회상해 본다. 책에 모든 것을 기록하고 다음 생일 때까지 보관한다. 생일 때마다 새로운 사실들을 기록하고 지난 해의 기록을 읽어본다.

가정 도서관

아이를 낳기 전에도 우리 부모는 아동도서들을 모으기 시작한다. 주제는 다양하다. 어떤 것은 마음이 따스해지는 주제이고, 또 다른 것은 사고를 촉진시키는 주제이다. 독서는 가족의 일과가 되어야 한다. 왜냐하면 가족이 함께 할 수 있는 일이고 자녀들에게 세계를 가르치는 탁월한 방법이기 때문이다. 독서는 오락과 교육의 가교역할을 한다. 책이 점점 쌓이면 마침내 작은 도서관이 된다. 책들을 '동물', '식물', '곤충', '친구', '감정', '재미있는 이야기' 등등과 같이 범주화하여 서가에 정리하라. 그러면 보고 싶은 책을 쉽게 찾을 수 있다. 지도와 지구의를 도서관에 첨가해도 좋다.

도서관을 사랑하자

모든 사회가 값진 정보를 소유하고 있다. 자녀들이 그 귀중품을 얻기 위하여 자주 도서관을 찾는다면 그들은 독서 습관을 갖게 되고, 그 독서 습관은 평생 지속될 것이다. 도서관은 당연한 것 그래서 별 의미를 지니지 못하는 것으로 생각하기 쉽다. 자녀들이 도서관의 귀중함을 이해하도록 도와주는 것은 그들에게 도서관에 투자하도록 가르치는 것이다. 매년 책을 사서 도서관에 기증하라. 자녀들은 자신들의 책을 도서관에 주고 싶어할지도 모른다. 도서관이 자녀들과 지식을 공유하듯이 자녀들도 도서관과 함께 시간, 재능, 자료를 공유하도록 가르쳐야 한다.

작가에게 감사의 편지를

작가들은 우리 자녀들이 즐길 수 있는 이야기를 창작하기 위해서 많은 시간을 투자하며 생각한다. 자녀가 좋아하는 책의 작가에게 자녀로 하여금 편지를 쓰거나 그림을 그려서 감사하는 마음을 표현하도록 권장하라. 편지를 출판사에 직접 보내라. 작가는 독자로부터 편지를 받아서 좋아할 것이고, 작가는 답장을 보낼 것이다. 그 답장은 자녀에 큰 기쁨이 될 것이다.

궁금증을 풀어요

여행 중에, 저녁 시간에, 또는 산책할 때는 언제든지, 당신이 평소 품어온 의문사항에 대해서 자녀가 대답해 보도록 기회를 주어 본다. 예를 들어, "최초로 누가 피자를 만들었을까?" 또는 "개는 이빨이 몇 개일까?"(자녀의 나이를 고려하여 질문을 하라.)라고 묻고 자녀의 대답을 지켜 보라. 다음에는 역할을 바꿔 자녀가 질문을 하도록 한다. 당신이 대답할 수 없었던 질문사항을 기록하고 다음 기회에 대답해 보도록 하라.

지혜 탐사

자녀와 함께 탐구할 주제를 선정한다. 자녀가 텔레비전은 어떻게 작동하는가에 의문을 가지고 있다면 그 질문을 조사하는 데 시간을 보내라. 도서관에서 책을 빌리거나, 텔레비전을 검사해 보거나, 텔레비전 방송국을 방문할 수도 있다. 방송국 밖에 있는 파라볼라 안테나와 송전탑을 관찰하는 것도 자녀에게는 의미가 있다. 사진을 찍고 기록하여 가정 보감이나 가족백과사전에 넣어라. 자녀로 하여금 그 정보를 다른 사람들과 공유하도록 권장하라.

문화 차이는 지혜 탐사를 위한 좋은 주제이다. 유대인들이 하누카(Hnukkah)를 기념하는 이유, 또는 사람들이 중국 음식하면 젓가락을 연상하는 이유를 찾아 보라. 당신은 연필이 어떻게 만들어지고 있는지 또는 사람들이 마술을 어떻게 배우는지, 그리고 진짜 다이아몬드와 인공 다이아몬드의 차이는 무엇인지를 생각해 보았는가?

지혜로운 사람을 찾아라

4학년인 영아의 담임 교사는 지혜가 있고 성실하였다. 그 교사는 학생 개개인을 모두 신임하였다. 영아에 대한 담임 교사의 신임으로 영아는 공부하기를 좋아하게 되었다.

자녀에게도 영아의 담임 교사처럼 지혜로운 교사가 있다면 그 교사에게 감사의 편지를 써라. 교사들은 학생들에게 끼치는 영향을 알 필요가 있고 부모들은 그들에게 감사하는 마음을 표현해야 한다. 어느 누구나 지혜로운 사람이 될 수 있다. 매 주일마다 중요한 정보를 소유하고·있는 집안 인물, 사회 인물, 국가 또는 세계 인물들에 대하여 자녀들과 함께 살펴 보라. 이 인물은 경찰관이 될 수도 있고 또는 노벨상을 수상한 물리학자일 수도 있다. 지혜로운 사람들을 찾아 감사의 편지를 써라.

가족 발표회

일주일에 한 번 가족들이 일주일 동안 배운 새로운· 기술 또는 지식을 표현할 수 있는 가족 의견 발표회를 가져라. 발표 순서는 어른이 결정한다. 좀 더 가치 있는 정보를 발표할 때는 스포트라이트 시간을 활용한다. 그리고 그 정보를 얻은 방법을 자녀들에게 보여준다.

특기있는 사람 모여라

모든 사람들에게는 특기가 있다. 그 특기가 신체, 지능, 또는 감성 지향적인 것이든 상관없이 가족들의 특기를 발견하여 신장시켜라. 특기가 신장되었을 때 생일날 또는 공휴일(예를 들면, 크리스마스)에 선물을 준다. 친지 또는 친구들을 포함시켜서 특기 써클을 확대할 수 있다. 이렇게 함으로써, 특기자들(예를 들면 바느질 특기자, 요리 특기자 등등)과 관계를 돈독히 할 수 있다. 각자가 각자의 특기를 알게 되면 필요할 때 도움을 청할 수 있다. 개개인의 장점을 아는 것은 멋진 일일뿐만 아니라 자존감을 키울 수 있다.

공부방

자녀가 열심히 숙제하기를 원한다면 부모가 숙제를 진지하게 생각해야 한다. 이는 숙제를 성인들의 전문적인 일만큼 중요한 것으로 생각하는 것이다. 숙제를 할 수 있는 공부방을 제공해줌으로써 이러한 메시지를 자녀에게 보낼 수 있다. 공부방은 마음을 혼란시키거나 왕래가 많은 곳은 피해야 한다. 냉장고 주변이나 TV시청하는 곳에서는 수학 문제를 제대로 풀 수 없다.

공부방은 구색이 맞아야 한다. 여러 개의 서랍이 있는 책상과 책꽂이가 있어야 한다. 맨 위의 서랍에는 연필, 펜, 크레용, 풀, 가위를 넣는다. 다른 서랍에는 책받침, 색종이, 폴더, 색인표 등을 넣는다. 벽에는 달력을 걸어 놓는다. 책상 위에는 국어사전과 백과사전, 녹음기, 연필꽂이, 메모장을 놓는다. 공부방이 꾸며졌으면 자녀에게 적극적으로 활용하도록 한다.

아는 게 힘이다

아동들은 선천적으로 학습의 욕구를 가지고 있다. 이러한 선천적인 호기심이 조장되지 않는다면 그것은 사라져버린다. 교육을 존중하는 가정에서 성장하는 자녀들은 평생 배움을 중요시할 것이다. 세계는 해결되어야 할 무수한 수수께끼로 채워져 있다는 사실을 일찍 깨닫는 아동은 항상 학습할 의욕을 가지고 있게 된다. 자녀는 당신이 공부하는 것과 공부하는 당신의 기쁨을 지켜보며 마침내 그도 공부하는 것을 즐거워할 것이다. 자녀의 교육과정(敎育課程)과 교육과정(敎育過程)을 이해해야 한다. 자녀의 담임 교사와의 면담을 통하여 자녀의 학습 방법과 학습 내용을 이해하도록 한다. 다음 내용은 도움이 될 것이다.

첫째, 가족들이 차례로 자녀의 학습 내용과 관련된 질문을 한다. 이를테면, "한글을 창제한 임금은 누구일까?"라고 질문한다. 이때 보상을 잊지 않는다. 보상으로 과학 박물관을 탐방하든지 좋아하는 간식을 준다.

둘째, 자녀의 학습내용과 관련된 장소로 가족여행을 떠난다. 학교의 의례적인 수학여행이 아닌 장소와 활동을 구상해 본다.

셋째, 학습을 가사(家事)로 삼는다. 가족이 함께 공부할 수 있는 주제를 선정한다. 예를 들면, 서울의 표준어와 제주도의 방언의 비교도 좋은 주제가 될 수 있다. 악기연주를 배우거나 또는 일기예보를 해 본다. 바느질, 도자기 제조법, 그림 그리기와 같은 학습 과정도 가져 보라.

이때 부모는 자녀들에게 본을 보여야 한다. 예를 들면 경청하는 방법, 질문하는 방법, 계획을 수립하는 방법, 공부하는 방법을 보여준다. 그러면 자녀는 부모의 습관과 열정을 배울 것이다. 가능하다면 자녀의 학습과 관련하여 방학계획 또는 주말계획을 구상한다. 만약 사투리를 공부하고 있다면 각 지방으로 함께 여행을 해 보는 것도 좋다.

매력 만점의 미술 박물관

미술 박물관을 이용하여 인격형성을 돕고 인생을 가르친다.

예를 들어, 많은 박물관에는 특정 문화의 예술품을 전시하는 화랑들이 있다. 이들을 통하여 자녀는 특정 문화들을 이해하게 되고 통찰력을 갖게 된다. 박물관은 학습환경으로 이용되지만 미술 박물관은 종종 간과된다. 미술가들이 똑같은 주제들을 어떻게 달리 해석하는지를 전시품을 이용하여 자녀들에게 보여 준다. 시대별로 달리 그려진 여인상을 선택하여 시간이 흐름에 따라 그 여인상들이 어떻게 변해 왔는지를 조사해 본다. 다양한 양식들의 그림을 보여주고 자녀의 흥미를 끄는 그림이 있는지를 알아 본다.

내 방에 만든 박물관

박물관을 방문하고 나서 자녀로 하여금 방 한 구석을 전시장으로 꾸미도록 도와 준다. 자녀는 전시장의 관리인이 된다. 전시품은 모형 자동차부터 태양계 모형까지 어떠한 것도 가능하다. 자녀로 하여금 창의적으로 진열하도록 권장한다. 자녀가 공룡들을 진열할 경우에는 공룡들이 살았던 자연환경을 꾸미도록 도와 준다. 여러 모습의 공룡들에게 이름을 부여하고 설명카드를 붙이도록 한다. 한 달에 한 번씩 전시품을 바꾸도록 한다. 벽의 공간에 자녀의 그림들뿐만 아니라 자녀가 좋아하는 그림들을 붙이면 그것은 곧 미술 박물관이 될 수 있다.

우리들만의 장소

중요한 쟁점을 논의하고 지식을 나누기 위하여 자녀와 함께 특정한 장소를 물색해 본다. 특정한 장소는 소파, 식탁의자 또는 정원수 아래가 될 수도 있다. 자녀의 질문에 깊이 생각하고 대답해야 할 경우에는 대답을 하기 전에 특정한 장소로 자녀를 데리고 간다. 이렇게 함으로써 공유된 정보가 중요하다는 것을 인정하는 것이다.

메모

자녀가 반드시 알아야 할 사항들이 있는데, 예를 들면 집에 화재가 발생했을 때 대처하는 방법과 같은 것이다. 그리고 자녀가 알아두면 좋을 사항들이 있다. 예를 들면 난로 사용 방법, 전화를 받는 방법, 세탁기 사용하는 방법과 같은 것들이다. 크고 작은 일상적인 문제들에 대처하는 방법들을 메모형식으로 적어 두면 좋다. 이 메모들을 책의 형태로 만들거나 전화기 또는 세탁기와 같은 물건들에 붙여 놓는다. 실례를 들어보자.

<초인종이 울렸을 때 대처하는 방법에 대한 메모>
1. 무조건 문을 열지 않는다.
2. 방문객이 누군지 모를 경우에는 문을 열어 주지 않는다.
3. 방문객을 알 경우 문을 열어 주어도 괜찮은지를 부모님께 여쭈어 본다.
4. 부모님이 집에 안계시면 문을 열어줄 것인지 열어주지 않을 것인지 스스로 판단한다.

3장 · 조화와 균형이 필요하다

우리는 균형적인 식사의 중요성을 알지만 균형적인 생활의 중요성은 쉽게 잊는다. 우리는 일상적인 일에 너무나 몰두하기 때문에 내적 저울(가치기준)을 점검하는 데 게으르다. 생활 균형의 중요성을 깨달았을 때는 이미 늦은 상태이다. 그 결과 우리는 스트레스를 받고, 병약해지고, 육체적으로도 균형이 깨져버린다. 식사의 균형을 유지하기 위하여 노력하듯이 감정, 정신, 지능, 육체의 균형을 유지하기 위하여 노력해야 한다. 균형이 유지되면 어려움을 극복하고, 새로운 방향으로 도약하고, 힘을 재충전할 수 있다.

아동에게 있어서 균형이란 조화로운 자유와 규제의 혼합이다. 아동이 성장하면서 그 비율은 변화하지만 그들간의 균형을 유지하고자 하는 욕구는 끊임없다. 예를 들어, 2세의 유아는 자유와 자율을 갈망하지만 7세의 아동은 독립심을 갈구한다. 아동들은 책임, 규율, 경솔, 상상, 경쟁, 협동, 사회화, 소외, 소속, 흥분, 평화, 성공, 실패, 좌절, 육체적 고통, 지적 자극들을 필요로 한다. 어느 한 가지가 다른 것들보다 과도하다면 그 아동은 혼란에 빠지거나 스트레스를 받는다. 아동들이 스포츠 또는 과외활동에 너무나 몰입하면 그들은 증권 투자가들이 겪는 수준의 스트레스를 받는다.

자녀에게 새로운 활동을 시키거나 또는 책임을 부과할 때 고려해야 할 사항은 다음과 같다.

- 아동의 나이와 발달 능력
- 아동의 성향과 현재 욕구
- 실제적인 내용
- 대국적 견지
- 가족들의 욕구

거절하거나 규제를 강요하는 것은 자녀의 신경을 건드린다. 그러므로 한계와 관례를 설정하는 것이 자녀의 외적 행동과 내적 안정감을 제공한다는 사실을 기억해야 한다. 가족들에게도 균형이 필요하다. 이것은 한 사람의 욕구가 다른 사람의 욕구를 밀어낼 수 있을 때가 있다는 것을 의미한다.

예를 들어, 엄마가 저녁식사를 준비하는 동안 아동(8세)에게 동생을 돌보라고 말할 수 있다. 이것은 다른 사람들에게 잘 보일 수 있는 기회를 제공한다. 자녀가 우주의 중심은 아니더라도 빛나는 별이라는 것을 보여줌으로써 자녀로 하여금 내적 균형에 이르도록 도와줄 수 있다. 자신의 욕구가 다른 사람들의 욕구와 균형이 맞지 않을 때 자녀는 인내를 배운다. 엄마가 저녁식사를 준비하는 동안 동생을 보살피는 아동은 자신의 일보다 더 중요한 것이 있다는 사실을 이해하게 될 것이다.

안정과 균형을 이룬 아동의 특징

- 감성지능을 발달시키고, 자신들의 능력을 신장시키며, 새로운 도전을 극복한다.
- 환경을 반영한다. 안정되고 균형을 잘 이룬 가정은 안정되고 균형을 잘 이룬 아동들로 양육한다. 그 아동들은 변화와 곤경을 잘 이겨낸다.
- 농구경기에서의 패배, 친구와의 싸움, 어려운 학습과제 등을 잘 극복한다. 이혼, 사랑하는 사람의 죽음과 같은 인생의 대비극도 극복할 수 있다.
- 문제를 심사숙고하여 더 나은 의사결정을 할 수 있다. 그들의 성실과 인격이 도전받을 때 그들은 자신의 의사결정을 따른다.

안정과 균형을 잃은 아동의 특징

- 걱정하기 쉽다. 생활이 갑자기 변화할 때 그들은 이상한 행동을 하거나 돌출 행동을 하며 자제력이 없는 행동을 한다. 그들은 자기중심적이며, 기분대로 행동하고, 논쟁적이며 좌절을 참지 못한다.
- 한 영역에만 몰입하는 아동들은 다른 중요한 기술들과 적성들을 계발하지 못하는 위험을 저지를 수 있다.

• 감성적으로 삐뚤어질 수 있고 혼란스러워할 수도 있다. 너
무 지도를 하지 않거나 너무 제재를 하지 않을 경우에는
왜곡된 권력욕을 낳는다. 너무나 많은 규제와 너무나 많은
제재는 아동의 자존감과 자신감을 좀먹을 수 있다.

안정과 균형을 향상시키는 방법

• 자녀의 현재의 생활 양식과 미래의 생활 양식에 관한 '큰
그림'을 냉철하게 지켜 보라. 생활부침(生活浮沈)이 균형을
이루고 있는지 확인한다.
• 부모에게는 다양한 역할이 있다. 놀이 동료, 훈육자, 양육자,
교사, 영웅, 코치, 역할모델 등이 그것이다. 당신이 각각의
역할을 조정하고 균형을 맞추는 것을 자녀에게 보여준다.
• 노동과 놀이, 직장과 가정, 고통과 쾌락, 고독과 단란함, 상
과 벌을 적절히 혼합시켜 가정생활양식에 균형을 이루도록
한다.

균형을 이루는 활동들

생활 저울

이것은 생활의 즐거움과 스트레스를 측정하는 것이다. 준비물
은 똑같은 크기의 종이컵, 끈, 옷걸이, 동전이다. 자녀들은 이 활
동을 통하여 균형 잡힌 스케줄의 필요성을 이해하게 될 것이다.
모든 참여자들은 자신들의 활동목록을 작성한다. 각각의 항목

옆에 그 항목이 스트레스를 주면 부정적인 표시인 ×표를 하고,
즐거움을 주면 긍정적인 표시인 ○표를 한다. 부모가 자녀들로
하여금 그들의 활동들을 생각하도록 도와주는 것은 좋지만 어떤
표시를 할 것인가는 그들이 스스로 결정하도록 하는 것이 좋다.

생활 저울을 만들어 보자. 옷걸이 양쪽 끝에 끈을 이용하여
각각 종이컵을 매단다. 한 쪽의 종이컵에는 생활의 스트레스라
고 명칭을 붙이고 다른 쪽 종이컵은 생활의 즐거움이라고 명칭
을 붙인다. 자유자재로 균형을 이루도록 그 저울을 고리에 매단
다. 동전 하나하나는 리스트에 있는 항목 하나 하나를 뜻한다.
종이 테이프에 스트레스 또는 즐거움이라고 써서 각각의 동전에
붙인다. 각각의 종이컵에 각각의 동전을 넣는다.

동전을 다 넣은 후에 그 저울을 보라. 저울은 균형을 이루고
있는가? 만일 그렇다면 이상적이다. 그러나 저울이 스트레스 컵
으로 기울어져 있다면 생활의 안정을 위해 무엇이 필요한가를
생각해 보라. 스트레스를 주는 원천들을 제거해야 할 것이다. 예
를 들어 어떤 학생이 축구, 테니스, 미술을 좋아한다고 해 보자.
그 학생의 스케줄은 가정의 일과 학교의 일은 말할 것도 없이
축구 연습, 테니스 레슨, 미술 교습 등으로 꽉 찰 것이다. 아이
러니컬하게도 스케줄이 너무 빡빡하여 그가 좋아하는 활동들이
스트레스의 원인이 될 수 있다. 그래서 그 활동들 중에 하나를
취소하면 다른 활동들에서 더 즐거움을 얻을 수 있을 것이다.

인간 팽이

유아들은 현기증을 느낄 때까지 원을 그리며 돌기를 좋아한

다. 이것을 이용하면 과도한 자극이 심리적으로 얼마나 혼란을 주는지를 보여줄 수 있다. 당신의 목소리 속도에 따라서 자녀로 하여금 팽이처럼 돌도록 한다. 당신이 빨리 말하면 말할수록 자녀는 더 빨리 돌 것이다. 처음에는 천천히 그리고 조용히 자녀의 일상적인 일과에 대하여 말한다. 말하는 것을 멈추고 현기증을 느끼는지를 물어 본다. 다음에는 속사포같이 자녀의 활동들과 일과들을 말해 본다. 이쯤 되면 자녀는 탁발승처럼 빙빙 돌아야 할 것이다. 자녀에게 소감을 물어 보고, 너무나 바쁜 나머지 억제할 수 없이 빙빙 돌아가는 하루 해를 멈추는 방법을 물어 본다. 자녀와 역할을 바꾸어서 해 본다. 당신은 자녀의 현기증 나는 바쁜 일과에 놀랄 것이다.

바꿔 바꿔!

하루 동안 부모와 자녀의 역할을 바꾸어 보자. 부모는 자녀가 되고 자녀는 부모가 되는 것이다. 당황하지 말고 이러한 환상을 즐겨보자. 자녀로 하여금 직접 하루 일과를 계획하도록 한다. 하지만 계획을 수립하는 데 필요한 사항들(예를 들면 세탁, 집안 청소, 식사 준비)을 기록하여 준다. 마찬가지로 자녀도 부모가 해야 할 일들을 적어서 부모에게 준다. 이 활동이 끝난 다음에 느낌을 말해 보자.

차근차근 계획하자

어떤 면에서는 가정은 직장과 같다. 모든 사람들이 협조할 때 직장은 순풍을 만난 배와 같다. 능수 능란한 사장은 훌륭한 계획을 통하여 노동력을 통합한다. 훌륭한 계획의 필수적 요소는 미래 문제의 정확한 예측이다. 훌륭한 가장도 똑같은 방법으로 가정 일에 접근한다. 구조화된 활동들, 가족 모임, 조직화된 일과들을 설계함으로써 갈등을 제거할 수 있다.

있을 수 있는 문제점들을 미리 생각해 본다. 앞으로 여섯 시간 동안에 있을 수 있는 일들을 정확히 자녀에게 설명해 줌으로써 자녀로 하여금 하루를 준비하도록 한다.

예를 들면 다음과 같이 자녀에게 말하는 것이다. "오늘 우리는 제일 먼저 건강 상태를 알아보기 위하여 병원에 간다. 다음 박물관에 가서 관람을 하고 할머니 댁을 방문할 것이란다." 이렇게 하면 예상하지 못한 생활의 변화로 나타날 수 있는 자녀의 문제 행동들을 막을 수 있다.

한 눈에 보여요

접착성 있는 두루말이 종이를 자녀의 방벽에 붙인다. 아침부터 밤까지 30분 간격으로 시간대를 구분하여 표시한다. 자녀의 활동들을 그린다. 그림들을 활동 시간대에 맞추어 붙인다. 될 수 있으면 이빨 닦기, 옷 입기, 학교 가기 등 일상적인 많은 활동들을 포함시킨다. 이렇게 하면 자녀는 다음에는 무엇을 해야할지, 시간이 얼마나 걸릴지를 명확히 알 수 있다. 어느 날 자녀의 일정이 바뀔 경우에는 과거의 활동 그림을 버리고 새로운 활동 그림으로 대체시킨다. 매일 밤 자녀가 잠자러 가기 전에 내일의 일정을 물어 본다. 그러면 자녀는 내일을 잘 준비할 것이다.

안정성을 향상시키는 활동들

안전 시스템

자녀들은 우리 성인들이 무시하는 귀신과 같은 것에 대하여 두려움을 가질 수 있다. 아동의 상상은 생생하기 때문에 그들이 텔레비전에서 보았거나 어른들로부터 들은 것이 순간적으로 그들에게는 실체가 될 수 있다. 아동은 텔레비전 속의 나쁜 놈이 문을 통해서 들어온다고 생각할 수 있다.

가정은 안식처이다. 부모가 가정을 보호하기 위해서 최선을 다하고 있다는 사실을 자녀는 확신할 수 있어야 한다. 집안에 있는 화재 경보기, 현관 자물쇠, 비디오폰 등을 자녀에게 보여준다. 그러면 자녀들은 두려워하지 않을 것이다.

비상 안전 장치

가정의 안정이 변화에 의하여 위협받을 때가 종종 있다. 그것은 신생아만큼 중요할 수도 있고 하루살이만큼 하찮은 것일 수도 있다. 동요효과를 무력화시킬 수 있는 계획을 생각해 낸다면 가족들은 혼란스러워 하지 않을 것이다. 비상 안전장치를 갖추고 있다면 자녀는 비상사태에 적절히 대처할 수 있을 것이다. 안전장치 도구를 보관하는 비상 상자를 만든다. 빈 티슈 상자를 빨간색으로 칠하고 '비상 안전 장치'라고 쓴다. 가정생활을 불안하게 했던 과거사를 가족들과 함께 생각해 본다. 예를 들면, 가족이 아팠던 경우도 해당된다. 어려웠던 상황들을 어떻게 해결하였는가를 가족들과 논의해 본다. 불안정한 상황을 호전시키기 위하여 사용하였던 안전장치를 별개의 카드에 쓴다. 또한 장차 가정을 위협할 수 있는 요소들을 생각해보고 이 위협 요소들을 예방하거나 제거할 수 있는 안전장치들을 카드에 쓴다. 이 카드들을 비상 안전 상자에 넣어 둔다. 그러면 실제 비상사태 시에 요긴하게 사용할 수 있을 것이다.

4장 · 무조건 사랑하고 수용하라

무조건적인 사랑을 할 때에 우리는 사람들이 무엇을 하든 간에 그들을 사랑한다. 우리가 자녀를 수용해야 한다고 주장한다면 우리의 행동은 그것을 증명해야 한다. 자녀의 육체적 욕구를 돌보는 것만큼 자녀의 감정적 욕구를 돌보는 것도 중요하다. 자녀가 음식을 먹고 싶어하듯이 포옹을 받고 싶어한다. 그리고 잠을 자고 싶어하듯이 사랑한다는 말을 듣고 싶어한다.

아동이 사랑과 수용을 받고 싶어하는 욕구는 본능적이어서 이성과 지식으로는 설명될 수 없는 것이다. 사람들은 애정의 표현을 어색하게 느끼기 때문에 신체적인 사랑의 표현과 언어적인 사랑의 표현을 자제한다. 그러나 애정의 표현은 중요하다. 이타적인 사랑과 수용은 가치의 메시지를 전달한다. 사랑과 수용을 받으며 성장하는 아동들은 건전한 자기애를 갖는다.

부모는 자녀를 무조건 수용해야 한다. 가정의 사랑이 얼마나 중요한가를 이해하기 위하여 예를 들어보자. 놀이터에서 아동들은 서로 제멋대로 행동할 수 있다. 당신의 자녀가 올바르게 행동한다면 그 집단에서 신임을 얻겠지만 그릇된 행동을 한다면 배척당할 것이다. 그러나 올바른 행동을 한다 할지라도 머리가 노랗다거나 곱슬머리이거나 키가 너무 작거나 크다는 이유만으로 따돌림당할 수 있다. 아동들은 수용을 받고 싶어하는 사람으로부터 많은 혹평을 받으면서 생활하기도 한다.

학교에서 아동들은 자기애를 갖기가 어렵다. 아동들은 그들이 얼마나 학습을 좋아하는가에 의하여 평가받는 것이 아니라 시험에서 얼마나 높은 점수를 받는가에 의하여 평가받는다는 것을 안다. 학습은 교사에게 그다지 중요하지 않다. 교사에게 중요한 것은 학습의 과정이 아니라 학습의 결과이다. 이러한 상황 속에서 자녀가 피난처를 갖는 것은 중요하다. 사랑이 있는 가정은 자녀에게 평온함과 안정감을 준다. 가정은 아동이 자유롭게 성장할 수 있는 장소이다.

무조건 사랑과 수용을 받는 아동의 특징

- 행동에는 결과가 있다는 것을 안다. 그럼으로써 그들은 최선을 다하며 자신들의 행동에 책임을 진다.
- 부모의 사랑을 잃을까봐 걱정하지 않는다. 부모의 사랑을 잃을까봐 걱정하는 것은 해롭다.
- 안전감, 안정감과 효능감을 갖는다. 그들의 자연적 성장 과정은 그들의 잠재력 계발을 촉진하며 그들이 최선을 다하도록 조장한다.
- 심리적 평화와 능력을 갖게 되어 모험을 감행할 수 있다.

• 우선 순위를 지키며 성공감을 유지한다.

무조건 사랑과 수용을 받지 못하는 아동의 특징

• 사랑은 성적과 행동에 달려있다고 생각한다. 그래서 그들의 삶의 방식은 두 가지가 있다. 첫째, 그들은 사랑받지 못하는 것에 대해서 자책을 한다. 둘째, 그들은 수용을 갈망하지만 거부감과 부적절감에 의하여 희생당한다. 그들은 불신감을 갖게 되고 사랑을 포기한다.

• 자기 존중감이 망가진다. 그들은 훌륭한 비판조차도 그들의 인격을 모욕하는 것으로 생각한다. 결과적으로 그들은 변명하기에 급급하고 비판을 활용하지 못한다.

• 의존적이고 불안정한 상태에 있게 된다. 부모의 사랑을 끊임없이 확인하려고 한다. 다른 사람들이 자신에 대해서 어떻게 생각하는가에 기초해서 자아 개념을 형성한다. 그들은 위축되기 쉽기 때문에 독자적으로 생각하지 못한다.

• 자신들의 잠재력을 알지 못할 것이다. 자신들이 자신들을 믿지 못한다면 그들은 역경을 극복할 수 있는 확신감을 갖지 못할 것이다.

자녀를 무조건적으로 사랑하고 수용하는 방법

자녀라는 이유 하나만으로 자녀를 사랑하고, 소중히 하며, 수용한다. 자녀들은 자신들의 행동에 관계없이 부모의 사랑은 영원하다는 사실을 알 필요가 있다. 이것은 부모가 자녀의 행동을 받아들여야 하며, 반드시 부모가 자신의 감정을 억눌러야 한다는 것을 뜻하는 것은 아니다. 부모는 자녀의 행동, 의견, 태도에 화를 낼 수 있고, 실망할 수 있으며, 슬퍼할 수 있고, 놀랄 수도 있다. 이타적 사랑과 수용은 부모가 자녀를 사랑하고 수용하고 있다는 사실을 전달하는 방법을 끊임없이 찾는 것을 의미한다.

부모는 언어와 행동을 통하여 자녀에게 사랑을 전달한다. 신체적 애정을 표현하는 데 서툴다면 어린 시절을 생각해 본다. 신체적 애정을 경험해 보지 않았다면 자녀에게 신체적 애정의 표현을 직접 해 본다. 부모가 자녀와 함께 얼싸 안고 방바닥에서 뒹구는 것도 신체적 애정을 표현하는 좋은 방법이 될 것이다.

자녀에게 언어로 사랑을 표현하는 데 서툴다면 다시 어린 시절을 생각해 본다. 아마 당신의 부모도 자신의 감정을 당신에게 말로 표현하지 못했을 것이다. 사람들은 선물로 사랑을 표현하고자 한다. 선물로 사랑을 표현하는 것은 언어와 행동으로 사랑을 표현하는 것보다는 못하다. 자녀에게 편지를 쓰거나 시를 써 본다. 가정 분위기는 훈훈해질 것이다. 아내는 남편의 도시락 속에 사랑의 메모를 넣을 수도 있다. 딸이 남자친구 문제로 고민하거나 소외당한다는 것을 느낄 때 아빠는 유사한 방법으로 딸과 의사소통을 할 수도 있다.

무조건적 사랑을 향상시키는 활동들

사랑의 금메달

일주일마다 지난 7일 동안 가족 중에 가장 큰 사랑을 베푼 사람에게 사랑의 금메달 수여식을 가져 본다. 올림픽 금메달처럼 장식을 하고 목에 걸 수 있도록 리본을 단다. 매주 가장 큰 사랑을 실천한 사람을 선발한다. 동생이 신발 신는 것을 도와주는 것도 사랑이다. 모든 가족들이 수상자가 될 수 있다. 때로는 가족이 아닐지라도 사랑을 실천한 사람을 초대해서 사랑의 금메달을 수여한다. 이렇게 하면 자녀들은 우리 주변에 사랑을 행하는 좋은 사람이 있다는 것을 알 수 있을 것이다.

껴안고 뽀뽀!

부모들은 자녀의 꾸밈없는 포옹과 뜻하지 않은 뽀뽀를 대단한 것으로 여기지 않고 당연한 것으로 여기는 경향이 있다. 가식이 없고 순수한 애정의 표현이 얼마나 소중한가를 부모들은 알아야 한다. 자녀가 당신을 사랑으로 껴안고 뽀뽀를 할 때 "너무 행복해!"라고 자녀에게 말해주라. 이처럼 순수하고 무조건적인 사랑을 모르는 체하지 말아야 한다.

사랑의 식탁보

자녀의 생일에 특별히 마련한 식탁보를 펼쳐 놓고 그 식탁보에 그림을 그리고 글씨를 써서 자녀에 대한 애정을 표현한다. 모든 가족이 식탁보에 생일을 맞은 아이에게 축하의 표현을 한

다. 사랑을 표현하는 그림도 좋고, 사랑을 표현하는 즉흥적인 시
도 좋다. 또한 자녀로 하여금 자신에 대한 사랑을 식탁보에 표
현해 보도록 한다. 이 식탁보 위에 화려한 생일 케이크를 놓고
천연색의 초에 불을 켤 때를 상상해 보라.

사랑을 노래하자

우리는 리듬이 있는 시와 소박한 노래를 짓는 것을 좋아한다.
시와 노래는 자녀에게 부모의 사랑을 표현하는 재미있는 방법이
다. 생일과 같이 가족행사가 있는 특별한 날에 시를 쓰고 노래
를 만들어 본다. 그리고 스크랩북에 넣어서 보관한다.

사랑의 탁구경기

이것은 말로 하는 탁구게임이다. 이 게임은 두 사람이 상대방
을 사랑하는 다양한 배경 또는 환경을 생각하는 것이다. 예를
들면 다음과 같다. 한 사람이 "나는 너를 비오는 날 사랑한다"
라고 서브를 넣으면 상대방이 "나는 너를 눈오는 날 사랑한다"
면서 서브를 받아넘긴다. 상대방이 실수를 할 때까지 선정된 환
경 내에서 사랑의 경험을 탁구게임처럼 서로 주고받는다.

사랑의 선언문

무조건적 사랑의 '법'을 존중한다는 선언문을 생각해 보라. 예
를 들면 다음과 같다. "나는 네가 행동하는 방식이나 말하는 내
용을 항상 좋아하지 않을지 모른다. 그러나 그것이 어떠하든 간
에 나는 너를 항상 사랑할 것이다." 자녀의 비행에 대한 처벌을

억제하기 위하여 이 '법'을 인용할 수 있다. 자녀와 함께 사랑의 선언문을 만든다. 크고 굵은 글씨로 선언문을 쓴다. 선언문의 여백에 가족 사진 또는 가족 그림을 붙인다.

사랑의 편지

당신의 자녀에게 사랑의 편지를 써라. 아들, 딸에게 당신의 무조건적인 사랑을 알리는 편지를 진심어린 사랑으로 써라. 그리고나서 편지에 향수를 살살 뿌려 보라. 내 친구는 어린이날에 아들, 딸에게 사랑의 편지를 꼭 보내는데 양피지에 편지를 쓰고 그 속에 빨간 하트들을 넣는다. 그는 편지로 자신의 사랑을 가장 잘 표현할 수 있고 자녀들이 매년 어린이날에 받는 편지를 매우 좋아하기 때문에 어린이날에 아들, 딸에게 사랑의 편지를 보내는 것을 가정의 전통으로 삼고 있다.

추억의 상자

자녀가 주는 모든 추억거리를 보관할 상자를 마련하라. 자녀가 주는 종이 꽃, 그림, 생일 축하 카드, 점토 조각들을 추억의 상자에 보관하라. 자녀가 당신을 사랑한다고 하는 순간들을 기억하고 싶을 것이다. 이것들을 상자에 보관하라.

황금약속

자녀들은 부모가 항상 그들의 곁에 있어 줄 것인지를 알고 싶어한다. 부모가 듣지 못하는 자녀의 물음은 다음과 같다. "내가 나쁜 짓을 한다 할지라도 부모님이 나를 사랑할까?" 또는

"내가 병에 걸린다면 부모님이 나를 돌보아 주실까?" 자녀들이 아무리 안정된 생활을 할지라도 그들은 어떠한 일이 있어도 그들 곁에 부모가 항상 있겠다는 약속을 듣고 싶어한다. 언제나 자녀들 곁에 있어줄 것이라는 약속을 하라.

러브 스토리

자녀들이 가장 좋아하는 이야기는 아빠와 엄마의 러브 스토리이다. 우리는 아이들에게 우리 부부의 러브 스토리를 종종 말해 준다. 우리가 어떻게 만났고, 어떻게 사랑했고, 어떻게 믿게 되었고, 어떻게 해서 결혼하게 되었는지를 말해 주면 아이들을 매우 좋아한다. 그뿐 아니라 할아버지와 할머니, 작은아빠와 작은엄마, 고모와 고모부 등 가족들의 러브 스토리를 좋아한다.

신뢰감을 형성하는 활동들

믿으세요

자녀에게 눈가리개를 하고 그를 집안 구석구석으로 데리고 다닌다. 당신이 아들(딸)을 완전히 보호할테니 믿으라고 말해준다. 그 다음에 자녀를 집안 이곳 저곳으로 데리고 다니면서 그곳이 어디이고 그 물건이 무엇인지 말해보도록 한다. 그리고나서 자녀가 당신을 믿을 수 있는지를 말해보도록 한다.

역할을 바꾸어서 규칙을 대강 설명해 준다. 당신을 안전하게 지켜줄 것이라고 당신이 믿는다는 사실을 아들(딸)에게 말해주라. 그리고 눈가리개를 하고 아들(딸)이 경험한 경험을 해보라.

최종적으로 당신이 그를 믿는다고 말하라.

걱정 말고 넘어지세요

가족 모두가 참여한다. 자녀로 하여금 똑바로 서도록 하고 그 뒤에 가족들은 무릎을 꿇고 앉는다. 자녀의 등 가까이에서 팔을 벌리고 자녀로 하여금 뒤로 넘어지라고 한다. 가족들은 겨드랑이 밑으로 그를 잡아 준다. 자녀가 신뢰감을 가질 때까지 계속 뒤로 넘어지라고 한다.

동화 속에 엄마 아빠

최근에 우리는 아이들을 할아버지와 할머니에게 맡기고 여행을 하였다. 여행을 떠나기 전에 우리 부부의 사진을 오려서 아이들이 즐겨 읽는 동화책의 그림에 붙여 놓았다. 그 모습이 매우 우스웠다. 아내는 나무 위에 앉아 있는 모습이었고 나는 개밥을 먹는 모습이었다. 할아버지와 할머니가 아이들에게 그 동화책을 읽어 줄 때 아이들은 그들이 좋아하는 책 속에 아빠와 엄마를 보고 매우 기뻐하였다. 아빠와 엄마가 없어서 외로워 하기보다는 그들이 얼마나 사랑을 받고 있는지를 알게 되었다.

5장 · 모범을 보여 감화시키라

　감화라는 말은 성스런 의미가 있다. 아무리 하찮은 일이라 할
지라도 우리에게 영향을 주며, 쉽게 마음이 움직이는 아동들에
게는 더욱 큰 영향을 준다. 우리는 개를 애완 동물로 키웠다. 어
느 날 그 개는 아이의 팔에서 뛰어 내리다가 땅에 부딪혀서 이
빨이 부러졌다. 그래서 수일 동안 먹이를 먹을 수가 없었다. 우
리가 손수 만든 미음을 날마다 세 차례씩 주지 않았다면 그 개
는 굶어 죽었을 것이다. 우리는 그 개를 종종 껴안아 주었고, 동
물병원에 데리고 가서 치료를 시켜 주었다. 우리 아이들은 이
동물에 대한 우리의 헌신에 깊은 인상을 받아서 생명을 존중해
야 한다는 것을 알았다.

　우리는 이러한 사실을 의식적으로는 모르지만 매사에 자녀에
게 영향을 주며 모델로 역할을 한다. 좋은 부모가 되기 위한 필
수적 요소는 좋은 사람이 되는 것이다. 역할 모델은 행동방식과
인간 관계의 본보기이다. 아동들은 말보다는 본보기로부터 더

배운다. 자녀들은 부모를 관찰하고 모방하여 행동, 말씨, 태도, 문제 해결방법, 의사소통방식, 가치, 도덕 등 매너리즘을 획득한다. 자녀에게 훌륭한 모델이 되는 것이 쉬워 보일지 모르지만 생각과 주의가 요구된다. 무엇보다도 언행이 일치해야 한다.

예를 들어 부모가 약속시간을 지키면 그 부모는 자녀에게 약속을 존중히 여기는 태도를 가르치는 것이다. 부모가 감사의 마음을 표현하면 그 부모는 자녀로 하여금 다른 사람들에게 고마움을 표현하는 것을 가르치는 것이다. 자녀가 친구를 잘 사귀지 못하면, 이사온 이웃에게 당신이 인사하러 갈 때 자녀를 데리고 가라. 말할 필요도 없이 당신은 대화를 시작하는 방법과 새로운 친구를 사귀는 방법을 보여주는 것이다.

감화와 모범을 경험한 아동의 특징

- 아동들은 무의식 속에 새겨진 청사진을 가지고 있다. 그것은 항상 참고와 지침으로 이용될 수 있다.
- 도덕성을 내포한 상황이 발생할 때 아동들은 전에 거기에 있었다는 느낌을 가질 것이며, 어떻게 해야할지를 알 것이다.
- 혼란스럽거나 도움을 필요로 할 때 아동들은 누구에게 의지해야 할지를 안다.
- 어려움에 당면해서도 아동들은 신념을 잃지 않고 포기하지 않으며 파괴적으로 행동하지 않을 것이다.

감화와 모범을 경험하지 못한 아동의 특징

- 어찌할 바를 모르고, 불안해하며, 부자연스러워 한다. 긍정적인 역할 모델이 없다면 아무에게나 의지하려고 할 것이다.
- 믿을 수 있는 성인으로부터 조언을 받지 못하고 의사결정을 해야 할 경우, 아동들은 불리한 처지에 놓이게 될 것이다.
- 부모의 충고(예를 들어 담배를 피지 마라 그것은 너에게 해롭단다.)보다는 행동(흡연하는 행동)을 채택하려고 한다.
- 쉽게 포기한다.

훌륭한 역할 모델을 자녀에게 보여주기

- 본받고 배울 만한 사람을 찾아라.
- 말하는 대로 행동하고 행동하는 대로 말하라.
- 자녀가 어릴 때 가능한 한 빨리 시작하라.
- 당신의 좋은 인격이 자녀에게 끊임없이 보여질 수 있도록 하라. 당신의 모범은 당신의 진실된 인격에서 자연스럽게 우러나온다.

당신은 먼저 무엇을 가르치고 있는지를 알아야 한다. 혼자 또는 배우자와 함께 앉아서 당신의 행동과 인격이 정직한 것인가를 살펴 보라. 당신의 행동과 인격이 당신이 되고자 하는 인물, 당신이 살고자 하는 방식과 당신이 자녀에게 말하는 내용과 일치하는지를 생각해 보라. 일치한다면 축하할 일이다. 일치하지 않는다면 당신의 소망, 기대, 주장을 면밀히 살펴 보라.

당신은 당신 자신과 자녀에게 비현실적으로 높은 기대를 하고 있지는 않은가? 당신이 높은 기대를 충족시키기 위하여 당신은 당신의 행동을 잘못 판단하고 있지는 않은가? 불일치의 원인이 무엇이든 간에 변화를 시도하라. 변화를 위하여 목표를 세우고 시간계획을 세워라. 당신은 자녀에게 이 과정을 감출 필요가 없다. 정직은 용기이다.

감화를 주는 활동들

가족 감화록

"1998년 5월 8일. 우수가 공원에서 음료수 빈 병을 5개 주웠다. 수지가 새로 이사온 아이를 초대하여 함께 놀았다. 대영이는 죽은 쥐를 치웠다."

이 세 가지 착한 행동이 가족 감화록에 기록되었다. 가족들의 빛나고 사려 깊은 행동을 기록할 가족 감화록을 만들라. 책표지에 가족 감화록이라고 쓰라. 가족들이 행하는 모든 감화적인 행동을 지켜보고 귀를 기울이라. 할아버지 생신 날에 축전을 보내는 손녀의 작은 정성뿐만 아니라 직장에서의 승진과 같은 아버지의 업적을 기록하라. 기록할 것이 많으면 많을수록 그 책은 좋은 책이다.

나를 닮아라

테이블에 과일 바구니를 놓고 자녀와 함께 앉아서 그것을 그려라. 당신의 속마음을 숨기고 당신이 그리는 대로 자녀로 하여금 그리라고 해본다. 예를 들어, "바나나가 푸른색이면 더 예쁘겠지? 푸른색으로 바나나를 그려보자. 나는 과일 바구니를 네모지게 그리련다. 너도 네모지게 그려 보렴." 자녀로 하여금 당신의 그림과 똑같이 그리도록 영향력을 행사하라. 인생도 사물과 다르지 않다는 것을 알려줘라. 그림 그리기를 마쳤으면 자녀로 하여금 느낌을 말해 보도록 하라. 당신의 제안이 자녀의 그림에 어떻게 영향을 주었는지를 알려준다. 당신이 자녀에게 영향을 주고 있었다는 사실을 자녀가 알았는지를 물어 보라. 자녀가 당신의 제안대로 그리지 않았다면 당신의 제안을 거부한 느낌을 말해 보도록 하라. 당신은 말과 행동으로 다른 사람에게 영향력을 행사할 수 있다는 것을 말해 주라. 사람들이 좋은 목적과 나쁜 목적으로 다른 사람들에게 어떻게 영향력을 행사할 수 있는지를 설명해 주라.

위인 사진

훌륭한 사람이 되도록 감화를 주는 인물들의 사진을 자녀로 하여금 모으도록 한다. 잡지, 신문, 사진첩, 책 등에서 사진을 발췌해 낼 수 있다. 스포츠 인물과 연예인뿐만 아니라 가족들과 친구들을 포함하여 다양한 인물들을 생각하도록 자녀에게 권한다. 자녀가 많은 인물들을 선정하였을 때 그 사진들을 앨범에 붙이고 그 인물에 대한 설명을 첨가하도록 한다. 이 위인 사진

들을 보면 자녀들은 위인들처럼 훌륭한 사람이 되고자 할 것이
다.

체험 삶의 현장

자녀가 성장하여 어떤 사람이 되고자 하는지를 알고 있는가?
의사가 되고자 하는가? 선생님이 꿈인가? 아니면 미술가를 원하
는가? 자녀로 하여금 현장을 경험하도록 하여 자녀의 꿈을 여물
도록 하는 것이 좋다. 친구나 가족의 도움을 이용하라. 예를 들
면, 자녀의 꿈이 탤런트라면 드라마 녹화 현장을 보도록 하고,
자녀가 간호사 되기를 원한다면 종일 간호사를 따라 다니면서
간호사의 역할을 경험해 보도록 한다. 경험은 매우 귀중하다.

오늘의 사색

많은 책 속에는 훌륭하고 감화를 주는 사색거리가 있다. 자녀
에게 감화를 주거나 이로움을 주는 명언, 그림, 명상, 시를 발췌
한다. 그것들을 조그마한 카드 또는 메모지에 적어서 자녀가 발
견할 수 있는 장소(예를 들면, 도시락 또는 운동화)에 놓아둔다.
자녀가 사색거리를 만들어낼 수 있는 나이가 되면 자녀로 하여
금 사색거리를 발췌하여 당신이 발견할 수 있는 장소에 놓도록
권해 보라.

서클

서클은 강력한 영향력을 발휘한다. 불행히도, 우리는 그들을
범죄와 폭력으로 연관시키는 경향이 있다. 불량스런 구성원이

있다 할지라도 서클의 힘은 그들을 선도할 수 있다. 그것은 서클의 철학에 달려 있다. 건전한 서클, 이를테면 보이스카우트, 걸스카우트, RCY를 생각해 보라.

아동들이 서클에 가입하는 이유를 생각해 보라. 그들은 소속감의 욕구를 갖고 있다. 자녀에게 건전한 서클에 가입하도록 권하라. 서클의 지도자와 면담을 하고 서클의 의무, 철학, 활동에 대해서 알아 보라. 자녀들은 그들의 생각과 목표가 가입하고자 하는 서클의 생각과 목표와 일치하는지를 생각해 보아야 한다.

내가 알고 있는 한 소년이 여자들은 보이스카우트에 가입할 수 없다는 사실을 알고 보이스카우트에 가입하지 않았다. 보이스카우트의 강령은 그의 신념 즉 여자와 남자는 평등하다는 것과 여자도 동등한 기회를 가져야 한다는 것인데 그것에 위배된다고 생각했기 때문이다.

명예의 전당

집안의 한 쪽에 가족 명예의 전당을 만들어 보라. 가족 구성원들의 업적, 재능, 성공을 담은 사진 또는 그림을 전시해 보라. 가족사를 기억함으로써 자녀들은 조상들의 숨겨져 있는 재능과 업적을 발견할 수 있을 것이다. 명예의 전당에 자녀들의 사진과 업적을 게시하여 보라. 가족 구성원들의 업적이 생길 때마다 그것들을 명예의 전당에 소개하라. 자녀들은 긍지를 가지고 친구들과 친지들에게 명예의 전당을 자랑할 것이다.

제3부
EQ 업그레이드

EQ는 IQ보다 덜 유전된다.
자녀의 EQ를 계발시키고 격려하라.
잠재력을 향상시키고 의사소통을 잘 하도록 대화법을 가르쳐보자.
유머있는 사람, 도덕의식과 책임감있는 사람으로 자라도록 이끌어주자.
그리고 사람을 사랑할 줄 아는 따스한 가슴을 가질 수 있도록 모범을
보여주자.

6장 · 잠재력 계발이 높은 성취감을 가져다 준다

딸의 이름은 정화이다. 우리는 정화를 새싹, 천사라고 불러 왔다. 정화는 체구는 작고 마음은 여리다. 그러나 태어나면서 눈치 빠르고 순종도 잘하며 동물들을 좋아하고 환경에 민감하였다. 다른 사람들처럼 어떤 측면에서는 선천적으로 재능을 부여받았지만 다른 측면에서는 그렇지 못하였다. 신체가 왜소하고 체력이 약했기 때문에 욕구불만을 가지고 있었다. 어떤 활동들은 딸에게 힘이 부쳤기 때문에 "나는 그것을 할 수 없어!"라고 울면서 포기하곤 하였다. 우리는 딸의 고통과 좌절을 알았다. 그래서 딸이 강인해지도록 돕고 싶었다.

우리는 딸이 자신감을 갖도록 도와주기 위해서 계획을 시작하였다. 우선 딸로 하여금 포기하지 않고 거듭 시도하도록 격려하였다. 새로운 것에 도전하고 체력과 용기로 그것을 성취할 때마다 관심을 갖고 칭찬하였다. 정화는 점차 자신감을 갖기 시작하였다. 외식을 할 때 용기를 내어 웨이터에게 식사를 주문하였

다. 어느 날은 힘을 발휘하여 세발자전거를 타고 경사로를 올랐
다. 정화는 또래 친구들에게 신체상으로 뒤떨어지지 않기 위해
서 노력하였다. 일관되고 확고한 후원의 장점은 정화에 대한 우
리의 신념이 결국에는 정화 자신에 대한 신념이 된다는 사실이
다.

정화는 구름사다리(유치원에 있는 철골 운동시설)를 통하여
기념비적인 신체적 성취를 이루었다. 유치원에 갔을 때 놀랍게
도 정화는 도움 없이 구름사다리를 타겠노라고 말하였다. 얼굴
에는 단호한 표정이 역력하였는데, 곧 운동기구로 가서 첫 번째
철봉 가로대를 움켜잡았다. 결연한 자세로 철봉을 하나 하나 교
대로 잡으면서 전진하였다. 그러다가 그만 철봉을 놓치고 땅에
떨어졌다. 가슴이 철렁하였다. 그러나 툭툭 털고 일어나서 다시
시도할 때 우리는 정화가 너무나 자랑스러웠다.

정화의 성격과 체격을 생각하면 구름사다리는 감히 시도할
수 없는 어려운 과제였다. 정화의 예화는 잠재력 활용이 아동에
게 어떻게 작용하고 그 잠재력이 어떻게 성장하는지를 여실히
보여주고 있다.

본 장에서는 자긍심, 용기, 자신감, 인내, 낙관성과 같은 잠재
력의 구성요소들에 대해서 살펴보고자 한다. 우리는 선천적으로
잠재력을 가지고 태어나지는 않는다. 잠재력은 자신의 한계를
시험해 보고, 실패 후에도 다시 힘차게 도전하고, "나는 할 수
없어. 내 능력으로는 안돼!"하는 부정적 자기지각을 버리고 긍정
적 자기지각을 갖는 것과 같은 경험들을 통하여 성장한다. 이와
같은 자신감을 형성하는 경험을 하면 "나는 할 수 있다. 나에게

는 능력이 있다. 나는 나를 믿는다"라는 깊은 믿음이 생긴다. 이러한 이유 때문에 잠재력을 계발하는 아동들은 달성할 수 없으리라고 생각되는 난제에도 불구하고 자신들의 목표를 달성한다.

자긍심

모든 인생의 단계에서 자긍심은 능력에 영향을 준다. 자긍심은 자신을 존중하고, 신뢰하고, 사랑하는 것이다. 자긍심은 자아개념에서 비롯된다. 자아개념은 자신에 관한 생각들의 집합이다. 자아개념이 긍정적이면 자긍심이 높은 것이다. 자아개념은 출생하면서부터 발달하기 시작하며 부모와 중요인물에 의하여 아동기에 형성된다.

긍정적 자기 존중감을 갖고 성장하는 아동들은 부모의 이혼, 죽음, 부재와 같은 한계상황에 대비하여 자신들을 요새화한다. 높은 자기 존중감을 갖는 아동은 자신을 높이 존중하기 때문에 약물 복용, 집단폭력 등과 같은 자기 파괴적이고 무모한 행동을 하지 않는다. 건전한 자긍심을 갖는 아동은 자신의 인생과 목표, 그리고 신체를 소중히 한다.

용기와 자신감

자녀들 재능과 잠재력을 알게 되면 부모와 교사들은 그들이 용기와 자신감을 갖도록 도와 줄 것이다. 자신 있고 용기 있는 아동은 적절한 모험을 감행하며 신체적, 지적, 감정적 난제들을 두려워하기보다는 의욕적으로 달라붙어 해결한다. 불안과 불확실성은 사라지고 포기하기보다는 극복한다. 용기와 자신감은 아동의 생활을 찬란히 빛나게 할 뿐만 아니라 도전을 위한 촉매로 작용한다.

인내와 낙관성

잠재력을 발휘하는 아동들은 목표 지향적이다. 그들게 되고 먼 장래의 보상을 마음 속에 그리며, 낙관적이고 현실적으로 기대를 하며, 참을성이 있다. 그들은 좋은 성적을 얻기 위하여 학기 내내 공부를 하기도 하고 치명적인 질병을 퇴치하기 위하여 수개월 동안 고통스런 병원치료를 감내하기도 한다. 참을성 있게 목표를 추구하는 경험을 통하여 아동들은 인내, 감정통제, 창의적 문제 해결, 책임감, 독립심을 배운다.

EQ의 발달을 위한 지침

자긍심, 용기, 자신감, 인내, 낙관성에 대한 지침을 알아보자.

◀ 단계 Ⅰ 유아기: 출생~24개월 ▶

유아기는 인생의 단계에서 신생아기부터 걸음마기까지 해당된다. 이 시기에는 많은 행동 양식, 태도, 감정표현 양식이 형성된다. 생후 12개월까지 유아들은 양육, 영양, 보호에 의해 영향을 받는다.

생후 10개월이 되면 유아는 의존성이 줄어들면서 자신감을 보인다. 예를 들면, 혼자서 우유를 먹거나 옷을 벗는다. 생후 12개월부터 24개월 사이에 있는 유아는 독자적인 행동과 동작의 기민성을 보여준다. 예를 들어 기고, 앉고, 서고, 걷는다. 유아는 다른 사람들에게 관심을 갖기도 하고 부모와 잠시 떨어져 있을 수도 있다. 유아는 욕망과 욕구를 알리기도 하고 호기심을 표현하며 놀이에 관심을 갖는다.

생후 20개월부터 24개월 사이에 있는 유아는 독립의 욕구를 충족시키기 위하여 새로운 기민성을 발휘한다. 예를 들면, 졸졸 따라 다니는 부모로부터 몰래 도망친다. 이러한 행동들은 유아들이 자신과 잠재력에 대하여 긍정적으로 느끼고 있다는 징표이다. 이 단계의 유아들은 자긍심, 용기, 자신감, 인내, 낙관성을 외연적이고 명확하게는 나타내지 않는다.

◀ 단계 Ⅱ 아동 초기: 2세~6세 ▶

아동 초기는 인생의 단계에서 걸음마기부터 유치원에 다닐 때까지 해당한다. 이 시기는 놀이와 장난감에 초미의 관심이 있기 때문에 유희기라고 종종 불린다. 아동들은 탐구심, 창의성, 상상력, 독립심, 사교술의 획득 등 특징을 갖고 있다. 이 시기는 장차 학교생활에 필요한 기초적 사회 행동들을 배우는 준비기이다. 2세에서 4세 사이에 있는 아동들은 획기적으로 잠재력을 발달시킨다. 그들은 혼자의 힘으로 모든 것을 하고 싶어하고, 새로운 과제 또는 활동에 불안과 걱정을 하지 않고 달라붙으며, 새로이 발견한 동작기술을 자랑한다. 그리고 어른의 제안을 자신들의 성실성과 자율성을 위협하는 것으로 생각하고 그들의 방식을 완강하게 고집한다.

2세에서 4세 사이에 있는 아동들은 이러한 행동들에 자기 파괴적인 독소가 있다는 사실을 모르며 독립성의 위험을 인식하지 못한다. 예를 들어, 유리잔을 꺼내기 위하여 진열장에 기어오르거나 도로를 무단 횡단하는 경우가 해당된다.

4세에서 6세 사이에 있는 아동들은 더 경쟁적이며(예를 들어, 나는 너를 이길 수 있다. 나는 너보다 빨리 달릴 수 있다.), 더 사회적으로 자신감을 가지게 되고, 약삭빠르게 되며(예를 들어, 동료들을 이간질시키는 경우), 새로운 일을 기꺼이 하려고 한다(예를 들어, 식당에서 음식을 주문하는 경우, 친구 또는 친지와 하룻밤을 지내는 경우). 그리고 자신의 입지와 권리를 굳게 지키려고 한다(예를 들어, 네가 나에게 비열하게 굴면 나는 집에 가겠다).

2세에서 4세 사이에 있는 아동들은 쉽게 부모와 떨어지려고 하지 않으며 부모의 사랑과 지원 없이는 이러한 특성들을 발달시킬 수 없다.

◀ 단계 Ⅲ 아동 후기: 6세~11세 ▶

아동 후기는 인생의 단계에서 초등학교 입학부터 사춘기 이전까지 해당한다. 이 시기의 아동들은 동료들과의 교제에 흥미와 관심을 가지며, 또래 놀이에 참가하고, 학습동기를 갖고 지식과 정보를 획득하며, 좋은 성적을 얻고자 한다. 이 단계는 생활 태도, 학습 습관, 잠재력을 형성하는 데 매우 중요한 시기이다.

이 시기의 아동들은 난제와 좌절을 경험하고, 동료들의 괴롭힘, 욕설, 거부, 차별, 편견, 학습곤란, 성차별로 생기는 열등감, 부적당감, 자신감 상실 등과 싸운다. 학습성공을 통하여 그리고 학교와 동네 친구들의 도움을 받아서 잠재력을 발견하고, 현명하고 성실한 조언자(예를 들면, 교사, 코치, 지도자)와 관계를 맺어 긍정적 감정을 얻는다.

이 시기의 아동들은 조롱, 비난, 불안정한 상황하에서 잠재력을 계발할 수 없다. 그리고 학습 성취감과 보호자의 지지가 꼭 필요하다.

◀ 단계 Ⅳ 청소년 초기: 11세~15세 ▶

청소년 초기는 인생의 단계에서 초등학교를 졸업할 무렵부터 고등학교를 입학하는 무렵까지 해당된다. 이 시기는 변화와 혼돈, 사춘기의 시작, 급격한 신체적 성장, 친구와 이성에 대한 관심의 증가, 자아 정체감과 독립성 추구를 그 특징으로 한다.

이 시기의 청소년들은 부모로부터 오해를 받기도 하고 소외감을 느끼기도 한다. 비현실적이고 과도하게 낙관적인 포부와 기대를 가지며, 자신들과 부모 그리고 자신들의 세계에 대해서 실망을 하기도 하고 환멸을 느끼기도 한다. 자신들의 육체와 신체적 변화 그리고 그들이 생각하는 매력에 대해서 실망을 하기도 하고, 자존심 상실, 혼란, 신경과민, 의기소침을 경험한다. 또한 부모의 지원 없이 난제에 도전하는 자신감과 용기를 나타내기도 하고, 아르바이트와 학교생활의 성공을 통하여 긍정적 잠재력을 경험하기도 한다.

이 시기의 청소년들은 이전 단계처럼 자신감과 자기 확신감을 유지하기가 어렵고, 실패 후에 낙관성을 유지하기가 어렵다.

자녀의 연령과 발달능력이 일치하는지를 알아보기 위해서는 'EQ 발달을 위한 지침'을 참고하라. 그리고 자녀의 강점과 약점을 알아보기 위해서는 다음 '자문 자답'을 이용하라.

자문 자답

• 자녀가 부적당감을 종종 표현하는가?
  — "나는 머리가 나빠서 퍼즐을 맞출 수가 없어."라고 말한다.

• 자녀가 좌절에 대하여 공격, 분노, 폭력의 방법으로 자신과 다른 사람들에게 반응하는가?
  — 장난감을 효과적으로 조작할 수 없을 때 그 장난감을 부숴 버린다.

• 자녀가 공격성과 폭력성을 능력으로 보고 자신을 공격적 인물과 동일시하는가?
  — 공격성과 폭력성을 이용하여 문제를 해결하는 만화 인물을 우상화한다.

• 자녀가 자신에 대하여 계속 낮은 기대를 하고 있는가?
  — 목표를 달성하기 위하여 노력을 별로 하지 않으며 쉽게

포기한다.

- 자녀가 마지막 순간까지 공부와 임무를 게을리 하는가?
  — 미리 공부를 하지 않다가 시험보기 직전에 공부를 하기
    시작한다.

- 자녀가 과거의 실패와 장애에 집착하는가?
  — 미리 모든 일이 잘못되리라는 부정적 감정을 가지고 새
    로운 활동을 시작한다.

- 자녀가 억지로 다른 사람들을 제어하려고 하고 다른 사람
들의 주목을 받으려고 하는가?
  — 친구들에게 우두머리의 행세를 하려고 하고 우두머리가
    될 수 없을 때 놀이를 거부한다.

- 자녀가 자신의 성공을 잘 모르거나 기뻐하지 않는가?
  — 칭찬 또는 인정을 받게 되면 불편해 할 것이다.

- 자녀가 즉각적인 만족을 원하는가?
  — 즉각적인 보상을 제공하는 과제수행을 좋아하고, 즉각적
    인 보상을 제공받지 못할 경우에는 포기한다.

- 자녀가 자신의 생각은 고려하지 않고 다른 사람들을 추종
하는가?

— 친구들의 옷스타일, 행동, 언어의 양식을 따를 것이다.

잠재력을 향상시키는 방법

•부모와 교사는 아동들의 강점과 약점을 검토하여 아동들로 하여금 자신들의 잠재력을 발견하도록 도와줄 수 있다. 그리고 약점을 극복하도록 하여 강점으로 만들 수 있도록 도와줄 수 있다. 아동들이 스스로 그들이 성취할 수 있는 것을 발견하도록 해야 한다. 당신이 기회를 마련해 주며, 방법을 가르쳐 주고 지원해 주면 아동들은 안도할 것이다.

•부모가 자신의 잠재력에 관한 생각과 신념을 아는 것은 도움이 될 것이고 자신의 잠재력과 자녀의 잠재력을 구별하는 것은 또한 도움이 될 것이다. 대부분의 사람들은 자신의 자부심, 자신감, 용기를 계발하기 위해서 노력한다. 이러한 노력을 통하여 잠재력을 계발하는 안목을 갖게 된다. 자신의 성격이 급하다면 자신의 과잉보호의 경향을 확인해 보는 것이 바람직하다. 아동들이 용기와 자신감을 얻기 위해서는 그들도 적절한 모험을 해 보아야 한다.

•아동들은 어느 때보다도 나쁜 영향을 주는 사물(사람)들과 잘못된 정보에 노출되어 있다. 우리의 자녀들, 학생들은 결과가 순식간에 저절로 발생하는 것이 아니라는 사실을 알아야 한다. 참고 인내하는 행동을 보여줌으로써 그들에게 참을성과 인내를 가르쳐야 한다. 인내는 쓰지만 그 결과는 달다는 고진감래(苦盡甘來)를 가르쳐야 한다.

- 자녀의 독립심과 능력이 발달하는 징후가 보이면 실제로 점검해 보라. 자녀가 다른 사람들과 잘 어울리는가? 자녀가 당신의 가르침을 잘 지키는가? 자녀가 가정이 아닌 다른 환경에서 어떻게 행동하는가? 또래 아동들과 자녀를 비교해 보라.

- 자녀가 꿈을 추구하고 인내하도록 권장하라. 자녀가 목표를 달성하기 위하여 용기를 발휘하고 장애를 극복하는 것을 격려하라. 자녀는 자신을 성공의 화신으로 생각하기 시작하고 그 결과 긍정적 자아개념이 될 것이다.

자긍심을 향상시키는 활동들

재능 카드

가족들에게 재능 카드를 100장 정도 나누어 준다. 충분히 시간을 갖고 각자의 독특한 재능을 생각해 보도록 한다. 이 재능에는 운동특기를 비롯하여 애완 동물 보호까지 모든 활동들이 포함될 수 있다. 가족들의 성격, 특성, 재능들을 철저히 알아본다. 그들의 정신, 신체, 감정을 자세히 조사한다. 그들의 취미, 외모, 웃음을 살펴본다. 재능을 세세하게 분해한다. 예를 들어, 자녀가 야구선수라면 그는 공을 잡고, 던지고, 달리고, 다른 선수들과 호흡을 맞추고, 뜨거운 햇살을 이겨낼 수 있다. 열심히 찾아보면 칭찬할 만한 재능을 발견할 것이다. 카드에 각각의 재능들을 기록한다. 가족들은 카드를 모은다. 카드를 배낭에 집어넣는다. 자녀에게 배낭을 어깨에 메도록 한다. 자녀가 어떠한 어려움에 당면해도 그는 자신감을 가질 것이라고 말해 준다. 자녀가 자신감을 필요로 할 때는 언제든지 배낭을 짊어지도록 해 보라. 카드가 어디에 있든 그의 재능은 그에게 항상 있다는 것을 그가 알도록 하는 것이 가장 중요하다.

나는 왕이다

자녀에게 왕관과 예복을 입혀서 왕 또는 여왕으로 장식시킨다. 가족들 또는 친구들은 카드 상자에서 그 아동을 가장 칭찬할 만한 특성이 쓰여 있는 카드를 선정해서 왕 또는 여왕의 옷에 붙인다. 그 왕 또는 여왕은 하루종일 왕관을 쓰고 예복을 입고서 행세한다.

자랑스런 나

자녀와 함께 재능 카드 상자에서 재능 카드들을 뽑는다. 스포츠, 춤, 미술, 음악과 같은 특기를 비롯하여 양치질, 부모를 웃기기, 장난감 조립과 같은 일상적인 활동들을 포함시킨다. 이러한 활동들을 그림으로 표현한다. 그 그림에 "자랑스런 나"라고 제목을 붙인다. 이 그림을 자녀의 침실에 걸어 놓는다. 자녀들이 좌절감을 느끼거나 자신감을 상실할 때 이 그림을 보도록 한다.

꿀단지

단지를 예쁘게 장식하고 그것에 꿀단지라고 명칭을 붙인다. 자녀가 기특한 일을 할 때 자녀를 칭찬한다. 자녀에게 행동의 결과를 설명해 준다. 예를 들어, 식탁을 정리할 때 자녀의 도움을 받았을 경우 왜 고맙게 생각하는지를 알려준다. 자녀가 칭찬을 받을 때마다 그 칭찬 내용을 종이에 기록하여 꿀단지에 넣는다. 꿀단지를 곁에 두고 마음이 허전해질 때 이를 맛보도록 한다.

용기와 자신감을 기르는 활동들

두려움을 날려보내자

두려움은 자신감을 짓밟을 수 있는 감정이다. 두려움의 원인이 무엇인지 자녀에게 물어보고 크래커(과자의 일종) 하나 하나에 두려움의 원인들을 하나씩 쓴다. 두려움을 물리칠 수 있는 비장의 무기(기술)들을 종이에 써서 밀 방망이에 감고 떨어지지 않도록 테이프로 붙인다. 크래커들을 식탁에 올려놓고 밀 방망이로 온 힘을 다해 그것들을 밀어 으깨도록 한다. 다음에 산산이 으깨어진 크래커 가루를 날려 보내도록 한다. 두려움은 바람 속의 작은 먼지에 불과하다는 것을 자녀는 알게 될 것이다.

두려움을 분해하자

불안들이 쌓여서 두려움이 되고, 두려움은 성격이 된다는 사실을 자녀에게 말해 준다. 예를 들어서, 물 속의 바닥이 경사지고 숨쉬기가 불편한 것을 여러 번 경험하면 수영에 대하여 두려워한다. 설상가상(雪上加霜)으로 욕조에서 미끄러져 물 속으로 나뒹굴게 되면 완전히 겁쟁이가 된다. 이 활동은 두려움을 조각들로 분해하기 때문에 자녀에게 두려움을 없앨 수 있는 방법을 알려준다.

　자녀가 두려워하는 내용들을 전지의 앞면에 큰 글씨로 쓴다. 두려움을 부채질하는 상황, 경험, 불안을 나열하면서 두려움을 구성하고 있는 요소들을 자녀와 함께 생각해 본다. 이 요소들을 전지의 뒷면에 충분한 간격으로 쓴다. 자녀와 함께 각각의 요소를 검토해 본다. 그 요소가 어디에서 생기고 그것을 어떻게 제거할 수 있는지를 알아본다. 그것을 전지에서 오려낸다. 이렇게 계속하면 결국에는 전지의 앞면에 있는 두려움은 사라지게 된다. 이제 자녀는 두려움을 여러 조각으로 찢어 버릴 것이다.

용기를 주는 돌

　정화가 네 살이 되었을 때 새로운 것을 보면 깜짝 깜짝 놀랐다. 우리는 그 겁이 정화의 모든 생활 영역에 침투해서 자신감을 손상시키지 않을까 걱정하였다. 딸에게는 용기를 되찾을 수 있는 도움이 필요하였다. 우리는 아이디어 하나를 생각해 냈다. 정화의 손에 충분히 쥐어질 수 있는 조약돌을 정원에 갖다 놓았다. 우리는 그 조약돌을 손에 쥐면 용기가 생길 것이라고 말하였다. 정화는 그 조약돌을 깨끗이 씻고 색칠을 하였다. 그리고 어디를 가든 그 조약돌을 가지고 다녔다. 그런데 어느 날 그 조약돌이 옷 속에서 나왔다. 왜 그 조약돌을 가지고 다니지 않느냐고 물었을 때 그 조약돌의 힘이 자기 속에 많이 있어서 더 이상 가지고 다닐 필요가 없다고 말하였다.

신비의 방패

인디언들은 전투 중에 그들을 보호해 주리라고 생각하는 신(神)을 방패에 그렸다. 이 신비의 효험이 있는 방패는 싸울 때 병사들에게 용기를 주었다. 자녀와 함께 신비의 방패를 만들 수 있다. 자녀로 하여금 그를 보호해 주는 부모, 개, 경찰의 사진을 종이접시에 붙이거나 그리도록 한다. 뒷면에는 위험에 대처할 수 있는 방법들을 쓰도록 하고 손잡이를 붙이도록 한다. 그 방패가 어떻게 효력을 발생하는지를 자녀에게 보여주기 위해서 가상적인 위험상황을 설정하고 앞면의 사진들과 뒷면의 방법들이 인디언 방패처럼 그를 위험에서 지켜주는가를 물어 보라.

인내와 낙관성을 가르치는 활동들

생각을 그려요

청각장애 학생들과 함께 공부하는 동안, 정화는 수화로 의사소통하는 사람들은 신호와 심상을 결합하여 혼잣말을 한다는 사실을 알았다. 그녀는 청각장애 학생들로 하여금 정상 아동들에게 신호와 심상을 결합하는 방법을 가르치도록 하였다. 정상 학생들에게 종이를 주고 특정상황(예를 들면, 잡화점에서 물건을 사는 것)에서의 사고과정을 그리라고 하였다. 이 실험의 목적은 청각장애 학생들로 하여금 그들의 의사소통의 방법에 대해서 편안함을 느끼도록 하는 것이었으며, 또한 정상 학생들로 하여금 청각장애 학생들이 자신들의 메시지를 알리는 방법을 이해하도록 하는 것이었다. 생각을 그림으로 표현할 때 생각이 더 구체

적이었다는 사실을 정상 학생들이 발견한 것은 의외의 결과였
다.

목표 주시

심상은 목표에 초점을 맞추는 강력한 방법이며 사업가와 올
림픽 선수들이 사용한다. 사업가는 계약체결을 상상하며 피겨
스케이트 선수는 완전무결한 점프를 상상한다. 중요한 것은 실
제적인 것처럼 명료하게 상상하는 것이다. 이러한 기법을 성공
적으로 이용하기 위해서 명상가가 될 필요는 없다. 다음과 같이
하면 어린 자녀들도 자신의 잠재력을 알 수 있을 것이다. 자녀
에게 하나의 목표, 예를 들면, 스케이팅을 결정하도록 한다. 당
신이 이야기를 하면 자녀는 그것을 머릿속에서 그린다. 자녀로
하여금 눈을 감도록 한 뒤, 스케이팅이 처음부터 끝까지 성공하
는 상황을 실감나게 설명하는 당신의 이야기를 듣도록 한다. 이
야기를 반복한다. 자녀에게 어떤 느낌을 갖게 되는지 생각하게
하고 그 생각을 말해 보도록 한다. 자녀가 확신을 느끼지 못할
때는 언제든지 목표를 주시할 것을 상기시켜라.

아 - 얏!

정화는 새로운 문제에 부딪치면 마치 널빤지를 조각 내듯이
"아 - 얏!"이라고 기합을 지른다. 정화는 걸음마를 할 때 기합소
리를 처음 질렀고 새로운 문제를 밀어 제치고 나아갈 때 기합소
리를 이용한다. 그리고 수영장으로 뛰어들어 갈 때뿐만 아니라
그림 그리는 것을 마쳤을 때 기합을 질렀다. 우리는 딸아이의

힘찬 목소리를 좋아한다. 그리고 정화의 자신 있는 얼굴 표정을
더 좋아한다.

마음다짐

부정적이고 부도덕적인 심리적 요인들은 어려움을 극복하는
능력뿐만 아니라 옳고 그름을 구별하는 능력을 협박한다. 아동
들은 친구들에 의하여 약물복용, 폭력, 절도와 같은 비행을 강요
받을 수 있다. 아동들은 치명적인 사태에 직면할 수 있고 진퇴
양난의 상황에 처할 수도 있다. 자녀가 이러한 상황 또는 사태
에 처하게 되면, 자녀로 하여금 자신감을 불러일으키는 말들을
생각해 보도록 한다. 예를 들면, 다음과 같다. "나는 내 운명에
대해서 책임진다.", "나는 내가 할 수 있다는 것을 안다", "나는
옳고 그름을 구별할 수 있다." 이와 같은 마음다짐들을 활용하
면 아동들은 긍정적 자기지각을 형성할 수 있다. 이 마음다짐들
은 마음 속에 울려퍼질 것이고 내면의 소리를 활성화시킬 것이
다.

허들

전지에 경주로(트랙), 출발선, 장애물(허들)들, 결승선을 그린
다. 목표로 향한 전진은 경주로를 달리는 것과 같다는 것을 자
녀에게 설명해 준다. 목표가 학교숙제를 하는 것이라면, 출발선
은 교사가 숙제를 제시하는 것이고, 장애물들은 숙제를 완성하
는 단계들(주제를 선정하는 것, 실험ㆍ관찰ㆍ조사하는 것, 초안
을 작성하는 것)이며, 결승선은 숙제를 제출하는 것이다. 목표로

전진하는 중에 장애물에 봉착하면 동기를 부여한다. 예를 들어, 목표가 수중생물에 관한 숙제이고 자녀에게 수족관이 있는 경우, 자녀가 장애물을 해결할 때 열대어를 상으로 준다.

자녀가 중간단계의 과제를 뛰어넘을(해결할) 때마다 그것을 상징하는 자녀의 사진을 각각의 허들에 붙인다. 자녀가 결승선에 도착했을 때 개선행진곡을 울려준다.

같지만 다르다

자녀에게 낙관성과 비관성을 가르치는 간단한 기법이 있다. 낙관성은 희망적이고 활기차고 열성적이고 의기양양하고 행복해하는 것이며, 비관성은 냉소적이고 의심하고 불신하고 의기소침해 있는 것이다. 유리컵에 물을 반 채우고 그것을 자녀에게 보여주면서 질문을 한다. "단비야! 이 유리컵의 물이 반밖에 없다고 생각하니? 아니면 반이나 남아있다고 생각하니?" 컵의 물이 반밖에 없다고 대답하면 자녀는 비관적으로 생각하는 것이고, 물이 반이나 남아있다고 대답하면 자녀는 낙관적으로 생각하는 것이다. 자녀가 반은 비워있고 반은 채워져 있는 유리컵과 같은 상황을 경험할 때마다 유리컵을 상기시켜라. 자녀는 상황을 다른 각도에서 다시 살펴볼 것이다.

선글라스

'진실을 보는 선글라스'와 '낙관적으로 보는 선글라스'를 만든다. 자녀에게 그 선글라스는 생각(사고 방식)을 변화시키는 힘을 가지고 있다고 말해 준다. 그래서 그가 축구게임에서 연속 질

때는 그가 자신의 입장을 좀 더 밝게 보도록 하기 위해서 그에게 '낙관적으로 보는 선글라스'를 쓰게 하고, 도로에서 자전거 타는 것을 허락하지 않는 것은 그를 사랑하지 않는 증거라고 고집하면서 진실을 왜곡할 때는 '진실을 보는 선글라스'를 쓰게 한다. 각각의 경우에, 어떻게 보이는지 물어 보라. 자녀가 말하기를 원하지 않으면 당신이 그 선글라스를 쓰고 대신 말하라.

칠전팔기상

완벽한 사람은 없다. 더구나 아동들에게 완벽을 기대하는 것은 무리다. 자녀가 매우 실망하여 좌절하거나 너무 쉽게 포기하면 에디슨의 '칠전팔기' 상을 활용해 보면 좋다. 에디슨은 2000번이나 실패를 경험하고 나서 전구를 발명하였다. 자녀에게 이러한 사실을 말해 준다. 트로피를 사서 그 트로피에 '에디슨 칠전팔기'라고 새긴다. 자녀가 실패를 인정하고 기꺼이 다시 시도할 때마다 당신은 그 트로피에 동전을 넣는다. 그 트로피가 동전으로 가득 찼을 때 그 동전은 자녀의 것이 된다. 실패는 위대한 성공의 어머니라는 사실을 자녀에게 인식시켜 준다.

7장 · 대화를 잘하면 좋은 관계를 맺는다

단비와 다정이는 청각장애 체험을 하는 여름캠프에 참여하고 있었다. 캠프기간 동안에 자녀와 부모의 만남의 시간이 있었다. 가족들이 테이블에 모여 앉았다. 그러나 말소리가 들리지 않았다. 왜냐하면 캠프에서는 수화로 의사소통을 하게 되어 있고 부모들을 수화를 모르기 때문이었다. 자녀들은 부모들을 방글거리며 쳐다보고 있었고 부모들은 자녀를 따라 그냥 미소를 지을 뿐, 실제로 의사소통이라는 것은 없었다.

한 가족만은 예외였다. 단비, 아빠, 엄마, 동생이 방 한 켠에 앉아서 손을 열심히 놀리고 있었다. 단비는 다정이가 쳐다보고 있다는 것을 알아채고 다정이를 불러 자랑스럽게 가족을 소개하였다. 단비는 큰 비밀(가족들이 청각장애자이다)을 제외하고는 가족들에 대하여 다정이에게 말하였다. 부모와 자녀들이 대화를 하지 못하여 서로 즐거운 시간을 가질 수 없었기 때문에 기껏해야 한 시간의 만남을 가졌을 뿐이다. 다른 학생들의 부모들이 집으로 돌아갔을 때에도 단비네 가족들은 남아서 캠프생활의 이모저모에 대해서 정답게 대화하고 있었다.

대다수의 부모와 자녀들은 캠프생활에 대한 자신들의 생각, 느낌, 경험들을 함께 나눌 수가 없었다. 왜냐하면 그들에게는 서로 의사소통을 할 능력이 없었기 때문이다. 의사소통은 능력이다. 오늘날 의사소통을 잘하고 팀을 이루어 함께 일하는 능력은 성공의 열쇠이다. 학교에서 대화의 기법을 가르쳐야 한다. 자녀들이 사교술을 배우면 보다 나은 인간 관계를 형성할 수 있을 것이다. 사회능력이란 자신의 생각과 감정을 표현하는 능력, 다른 사람들의 말을 잘 듣고 이해하는 능력, 사회규칙을 이해하는 능력, 팀원으로서 협동하고 노력하는 능력이다.

의사소통

의사소통의 방법에는 언어, 몸짓, 억양, 표정, 시선, 동작 등이 있다. 이러한 방법들을 통하여 정보, 생각, 감정을 전달하고, 사랑하는 사람과 라포(rapport)를 형성하며, 학생들을 가르치고, 도움과 대답을 찾으며, 생면부지의 사람들과도 상호 작용할 수 있다. 사람들은 의사소통의 신호를 잘 보내야 할 뿐만 아니라 잘 받아야 한다. 경청하는 사람은 자신의 눈, 귀, 정신을 집중하여야 말하는 사람의 언외(言外)의 생각과 감정을 포착할 수 있다. 가장 중요한 메시지는 분노 또는 고통으로 포장될 수 있기 때문에 진의를 파악할 수 없다. 이때 진의를 파악하기 위해서는 듣는 사람은 말하는 사람의 말에 대해서 논박하지 말고, 말하는

사람의 욕설을 무시하고, 대신에 말의 이면에 숨어 있는 감정을
이해하는 데 집중해야 한다.

사회능력

　　만족스런 인간관계를 맺기 위해서 아동들은 다양한 사회기술
을 배워야 한다. 만족스런 인간관계는 우연히 생기지 않는다. 우
연히 생긴다면 아동들은 사회생활을 이해하고 조정하고 관리하
기 위하여 필요한 대인관계 능력을 계발하지 않을 것이다. 사회
능력은 중요한 감성지능의 구성요소이며 감성지능 기술들을 획
득하고 숙달하고 세련되게 하는 과정이다. 아동들은 사회규칙과
예외규칙을 알 수 있어야 한다. 또한 그들에게는 협동능력, 공유
능력, 타협능력, 충동과 감정의 관리능력이 필요하다. 아울러 사
회능력에는 협상능력, 갈등 해결능력, 감정이입능력도 포함된다.
아동들은 자신들의 기질과 생활양식에 따라 사회생활을 한다.
어떤 아동들은 역동적인 대규모의 집단에서 생활하기를 좋아하
는 반면에 다른 아동들은 조용히 놀기를 좋아한다. 사회능력은
선천성과 기질에 의해서 제한받지 않는다. 즉 모든 사람들은 사
회능력을 학습할 수 있다. 부모들은 자녀들의 기질과 선천성을
변화시키려고 하기보다는 그것들을 향상시키도록 노력해야 한
다.

팀워크와 협동

팀워크와 협동은 상호의존성의 기술이다. 즉 서로가 생존하기 위해서 필요하다는 것을 의미한다. 가정의 경우, 각 개인의 욕구는 가정의 행복을 위해서 균형을 이루어야 한다는 것을 뜻한다. 그러나 아동들은 본래 이기적이다. 다른 사람들도 욕구를 가지고 있다는 것을 알고 나서 그들은 협력하기 시작한다. 부모들은 자신들의 개인적 욕구보다 가족집단의 욕구를 중시한다는 것을 자녀들에게 보여주어야 한다. 아동은 개인적 욕구를 충족시키면서 팀워크와 협동을 배운다. 예를 들어, 아동이 부모의 허드렛일을 도와 줄 때, 그 아동은 소속의 욕구를 충족시키는 반면 가정에서 어떤 역할을 할 수 있는지를 실험해 보는 셈이다.

EQ 발달을 위한 지침

의사소통 사회능력, 팀워크와 협동에 대한 지침을 알아보자

◀ 단계 I 유아기: 출생~24개월 ▶

생후 3개월이 되면 초보적인 의사소통과 사회능력의 신호를 나타낸다. 사람과 사물을 구별하고 울음으로 주의집중을 유도한다.

6개월이 되면 친한 사람과 낯선 사람을 구별한다. 그래서 친한 사람에게는 미소를 짓고 낯선 사람에게는 두려움을 보인다.

9개월이 되면 사람들의 마음을 끌려고 한다. 다른 사람에게

시선을 주고, 미소를 지으며, 다른 사람을 만진다.

12개월 내지 16개월이 되면 말을 배우고 행동을 모방한다. 떠듬거리며 말을 하고, 웃으며, 놀란 표정을 짓기도 한다.

18개월 내지 24개월이 되면 언어의 개념을 파악한다. 쉬운 말을 이해하고 자신의 의사를 표현하기 위하여 간단한 어휘와 몸짓을 사용한다. 그렇지만 이 단계의 유아들은 적어도 생후 20개월 내지 24개월이 되기까지는 팀워크를 모른다.

◀ 단계 Ⅱ 아동 초기: 2세~6세 ▶

2세 내지 4세가 되면 의사소통의 기술들이 폭발적으로 발달한다. 어휘가 급속도로 증가하고 발음이 정확해지며, 성인들의 행동과 표정을 모방하기 시작한다. 그리고 자신에 대한 다른 사람들의 말뜻을 잘 이해하며, 다른 아동들과 말하고 놀이하는 데 흥미를 나타낸다.

2세 내지 4세의 아동들은 장난감 또는 기타 소유물을 쉽게 공유하지 못하며, 팀워크와 책임의 개념을 이해하지 못한다.

4세 내지 6세의 아동들은 또래들과 같이 놀이를 한다. 장난감을 서로 바꾸어 가면서 놀고, 소꿉놀이를 하며, 서로 묵계된 규칙에 따라 놀이를 한다. 그리고 집단놀이와 팀워크의 기본 원리를 이해한다. 또래집단의 규칙뿐만 아니라 다른 사람들의 입장과 감정을 의식하므로 협동성이 발달하며, 규칙에 복종하고, 집단성공을 중시한다.

4세 내지 6세의 아동들은 이 기술들을 일관되게 나타내 보이지 않으며 항상 공정하고 정직하게 놀이를 하지는 않는다.

◀ 단계 III 아동 후기: 6세~11세 ▶

6세 내지 11세가 되면 또래집단에서 놀거나 활동할 때 남자아동은 남자친구들과 여자아동은 여자친구들과 잘 어울린다. 그리고 또래집단의 규칙을 이해하고 따른다. 부모의 규칙을 어겨가면서까지 사회 동조성을 실험한다. 그들의 말 속에는 속어, 은어, 욕설이 포함될 정도로 어휘가 늘어난다.

가정에서 그들의 말이 받아들여지지 않거나 규칙을 익히지 못한 아동들은 다른 사람들의 말을 들으려고 하지 않으며 사회규칙을 이해하지 못한다.

◀ 단계 IV 청소년 초기: 11세~15세 ▶

11세 내지 15세가 되면 자신들의 욕구, 견해, 신념을 잘 전달한다. 가족들과 마찰을 일으키기도 한다. 집단의 역할 기대에 주의를 집중하며 규칙을 어길 경우의 결과에 관심을 갖는다. 동료들과 어울릴 수 있는 체육활동, 동호집단, 단체활동에 관심을 갖는다. 가족들과의 관계보다는 친구들의 관계를 더 중시하는 경향이 있다.

이 시기에 각종 활동들에 참여할 기회를 갖지 못하는 청소년들은 사회능력을 계발하지 못한다. 가족과의 팀워크보다는 또래집단의 의사소통에 더 노력을 기울인다. 감정이 고조될 때 세련된 의사소통의 기술들을 사용한다.

자문 자답

• 자녀가 자신의 행동의 결과에 대해서 생각하지 않고 충동적으로 행동하는가?

— "아빠가 말한 것을 잊었어요." 또는 "나는 그럴 줄 몰랐어요."라고 말한다.

• 자녀가 주위 사람들이 느끼는 불편을 모르는가?

— 친하지 않는 사람들에게 달라붙거나 귀찮게 한다. 다른 사람들에게 밀착하거나 접촉한다. 다른 사람들에게 스트레스를 주는 행동을 계속한다. 시끄럽고 거칠게 놀면서 그가 다른 사람들에게 주는 영향을 알지 못한다.

• 자녀가 특별한 이유 없이 사회적 활동에 참여하려고 하지 않는가?

— 다음과 같이 말할 때가 있다. "이유는 모르겠지만 나는 가고 싶지 않아", "학교에 가고 싶지 않아", "태권도를 배우고 싶다고 했어. 그런데 나는 그 사범이 싫어."

• 자녀가 쉽게 좌절하거나, 싸우거나, 화를 내는가?

— 그는 다음과 같이 말한다. "친구가 먼저 시비를 걸었어" "친구가 화를 내게 만들었어" "맹세코 나는 그것을 하지 않았어. 그들이 거짓말을 하고 있어."

• 자녀가 질문을 잘못하거나 손들어서 의사를 표현하지 못하거나 토론에 참여하지 못하는가?

— 질문을 받으면 "나는 몰라"라고 말하거나 당황하고 아무 말도 하지 않을 것이다.

• 자녀가 어리석은 행동, 버릇없는 행동, 위험한 행동을 하여 관심을 끌려고 애쓰는가?

— 이러한 행동들은 친구 사귀는 방법으로 생각하고 웃음을 유발하여 타당성을 찾는다.

• 자녀가 자신의 나이에 비하여 상당히 나이가 많거나 적은 아동들과 어울리려고 하는가?

— 그는 "형들과 노는 것이 재미있어", "내 나이 또래들은 아직 어려", "동생들은 나를 무척 좋아해"라고 말한다.

• 자녀가 다른 사람들의 욕구보다 자신의 욕구를 더 중요하게 생각하는가?

— 친구들이 그의 주장을 따라 줄 때만 같이 놀고 그렇지 많을 때는 "나는 놀고 싶지 않아", "너희들은 나빠"라고 말하면서 사라진다.

의사소통과 사교술을 계발하는 방법

자녀들에게 의사소통의 기법들과 사교술들을 가르쳐라. 효과적으로 의사소통을 할 수 있도록 하고, 훌륭한 사회인이 되도록 하기 위해서 이 분야에 대해서 다양한 교육을 제공해야 한다.

당신이 자녀, 배우자, 가족, 친구들에게 효과적인 의사소통과 적극적인 사회적 행동으로 본을 보여야 한다. 당신이 사람을 대하는 방법이 당신이 행동하는 방법과 관계가 있듯이 그것은 태도와 밀접한 관계가 있다. 사실, 아동들은 의도적인 가르침에 의해서보다는 관찰을 통해서 더 많은 것을 배운다.

가족들의 욕구와 당신의 욕구간에 균형을 맞추라. 좋은 팀동료는 그들의 행복을 기억하고 있음을 자녀들은 알 것이다.

정상적으로 성장하는 과정에서 모든 아동들은 거부, 좌절, 실망을 경험한다. 인간은 잘못을 저지르게 마련이고, 당신도 여느 사람과 같은 인간이라는 것을 자녀에게 보여 주어야 한다. 오해와 실수의 경험을 활용하여 자녀와 대화를 해 보라. 자신들의 생각과 감정을 드러내지 않는 과묵한 자녀들조차도 부모 또는 교사의 실수에 대하여 기꺼이 말하고자 한다. 당신은 자녀와 실수를 논의하는 것이 매우 쉽다는 것을 알고 놀랄 것이다.

아동들은 성인들보다 덜 비판적이다. 당신의 실수를 바로 잡는 방법에 대해서 자녀와 상의해 보라. 당신은 당신이 실수하지 않을 수 없고, 당신의 실수를 기꺼이 인정하려고 한다는 사실을 말보다는 더 강력한 방법으로 보여 주는 셈이다. 뿐만 아니라 당신은 좋은 의사소통을 통하여 전화위복이 될 수 있다는 것을 자녀에게 가르칠 수 있다.

인간관계 속에는 갈등이 있게 마련이다. 그 갈등을 자녀에게 숨기지 말고 그 갈등을 토론, 유머, 애정에 의하여 해결하는 방법으로 본을 보여주라. 이렇게 하면 당신은 자녀에게 팀워크에 대한 가장 중요한 사항을 가르치는 것이다.

의도적으로 자녀와 대화의 시간을 가져라. TV에 정신을 빼앗기고 전화에 의해 방해받고 자신의 일에 파묻히면 부모와 자녀가 마주 앉아 대화할 시간이 없다. 자녀의 말을 잘 듣기 위해서 눈과 귀와 마음을 집중하라. 자녀의 몸짓, 얼굴표정 등을 주시하라. 얼굴을 마주보고 앉아 시선을 맞추도록 하라.

자녀의 연령에 맞게 자녀에게 기대를 하라. 효과절으로 의사소통하는 능력과 행동하는 방법은 신체적 성장에 따라 발달한다. 자녀의 욕구에 대해서 유순하고 참을성 있게 그리고 시의적절하고 민감하게 반응하라. 당신의 무릎, 침대, 거실, 서재같은 혼란스럽지 않고 편안한 장소에서 자녀와 대화를 하라. 열 살의 자녀와 저녁식사 시간에 어려운 주제를 논의하는 것은 적절하지 않다. 그러나 저녁 식사 후에 소파에 앉아서 과일을 먹으며 엄마와 아빠와 함께 대화하는 것은 바람직하다.

적절한 피드백을 제공하라. 일장 연설을 하거나 자녀와 관계 없는 이야기를 꺼내지 마라. 당신은 자녀가 진실된 정보를 얻기 위하여 의지할 수 있는 상담자가 되는 것으로 족하다. 자녀가 문제를 해결하도록 하기 위해서 충고자가 되지 말고 친절한 안내자가 되어 주라. 건설적인 의사소통과 바람직한 행동에 대해서는 칭찬, 격려, 미소로 보상하라. 바람직하지 못한 행동에 대해서는 단호하게 찬성하지 않는다는 뜻을 표현하라.

자녀로 하여금 자신의 행동이 다른 사람들에게 영향을 준다는 것을 깨닫도록 하라. 주객전도의 방법을 활용하라. 예를 들어, 자녀가 큰 목소리로 말하면 그가 좋아하는 만화를 볼 때 당신이 더 큰 목소리로 말하라. 자녀가 비난받을 행동을 하면 그에게 경고할 수 있는 시스템을 개발하라. 그렇게 하면 자녀는 당황하지 않고 행동을 시정할 것이다.

자녀의 공격적인 행동과 바람직하지 않은 태도의 해결방법은 게임, 이야기, 스포츠 정신, 위인의 행동을 이용하라. 즉 비폭력적인 갈등해결 방법을 가르쳐라. 자녀는 반사회적인 행동과 방법보다는 친사회적인 행동과 방법을 더 배울 수 있다. 폭력적인 영화, 만화, 비디오게임에 대한 접근을 막아야 한다.

자녀의 수줍음이 변화되기를 바란다면 기초적인 의사소통의 기법과 기술을 활용한다. 예를 들면 사람을 소개하기, 다른 사람의 말을 경청하기, 다른 사람의 의견에 관심을 보이기, 자신의 의견을 표현하기, 제안하기 등이다.

의사소통의 기법을 향상시키기 위한 활동들

놀이로 대화하기

인형, 꼭두각시, 장난감 등을 가지고 놀이를 하며 아동들과 대화를 하면 그들에게 의사를 적절하게 전달할 수 있다. 방법은 간단하지만 그 효과는 탁월하다. 마음을 열고 자녀와 놀이를 하면, 자녀는 자신의 상상력, 창의적 사고, 몸짓을 이용하여 의사를 전달한다. 따라서 당신은 대화보다는 놀이를 통하여 자녀에 대하여 더 많은 것을 알게 될 것이다.

자녀의 행동을 파악하거나 모종의 중요사항을 설명할 필요가 있을 때는 놀이를 이용하라. 처음에는 자녀가 놀고 있는 것을 지켜 보라. 당신이 한두 가지 주제를 선정할 수 있다. 당신은 자녀의 생각에 대해서 놀랄 것이다. 자녀의 놀이하는 모습은 실생활의 연장이다.

놀이를 통하여 교훈을 가르치기

놀이를 통하여 교훈적인 내용을 자녀에게 가르치고자 할 때, 상황을 설정하고 배역을 결정하고 줄거리를 구성한다. 그리고 놀이의 목적과 내용을 자녀에게 말해 준다. 예를 들어, 공공장소에서 부모와 자녀가 헤어졌을 때 자녀가 어떻게 대처해야 하는지를 알아보는 놀이를 할 수 있다. 상황을 설정하고 소품을 준비하고 역할을 배정한다(좋아. ‘너’는 엄마인형이 되고, ‘나’는 길을 잃은 아기 인형이 된다. ‘나’는 길을 잃어 매우 두렵고 떨린다. 하지만 마음을 진정시키고 미아 보호소를 찾아간다.).

가장(假葬)놀이

아이들은 가장놀이를 좋아한다. 가장놀이를 할 때 시간가는 줄 모른다. 자녀가 어떤 동물(호랑이, 사자, 토끼, 나비), 영웅(로버트, 슈퍼맨, 대장, 스타, 운동선수, 과학자), 엄마(아빠)를 가장하여 놀이를 할 때 그들은 자신들의 내면세계를 표현한다. 따라서 부모들은 자녀들의 생각을 알아보고 새로운 것을 가르치기 위해서 가장놀이를 활용하는 것이 바람직하다. 가장놀이에 필요한 각종 의상들과 부품들을 때때로 수집하여 모아 두었다가 이용하면 좋다. 아이들은 발레 의상과 왕비 의상만큼이나 슈퍼맨 의상과 야구글러브도 좋아한다.

역할놀이

역할놀이는 가장놀이보다 더 직선적이다. 마음 속에 특정 목적을 담고서 장면을 연출한다. 소품과 의상들을 이용할 수 있지만 꼭 그럴 필요는 없다. 역할놀이는 한 역할을 맡아서 마치 각본을 따르는 것처럼 행동한다. 예를 들어, 이웃집 아이가 당신의 딸을 못살게 군다면 당신이 딸의 역할을 하고, 딸이 이웃집 아이의 역할을 해보도록 한다. 역할놀이를 통하여 그 상황을 해결할 수 있는 방법을 제시해 보라. 역할놀이를 통하여 갈등을 해결할 수 있는 방법을 터득할 수 있을 것이다. 역할을 바꾸어 보면 역할놀이의 효과는 더 크게 작용한다.

말을 경청하는 기술을 향상시키기 위한 활동들

주의집중

빈 유리병 두 개를 준비한다. 하나에는 '주의집중'이라고 쓰고, 다른 유리병은 동전을 가득 채운 뒤 자녀의 이름을 써서 붙인다. 자녀가 당신의 말을 경청하지 않을 때마다 자녀로 하여금 동전이 들어 있는 유리병에서 동전을 꺼내 '주의집중'이라고 쓰여 있는 병에 넣도록 한다. 주말에 유리병에 남아 있는 동전을 자녀에게 준다.

산책

산책을 하면서 스스럼없이 대화할 수 있다. 시끄러운 장소를 떠나 한적한 오솔길을 따라 산보를 할 때 대화는 자연스럽게 이루어진다. 산보는 활기를 북돋아 주고 생기를 회복시켜 준다. 걸으면서 대화를 하면 서로 대면해야 하는 부담감을 덜어주고 신체적으로 더 가까워질 수 있다. 주말마다 자녀와 함께 걸으면서 대화를 해 보라.

바로 전하기

여러 사람이 일렬 횡대로 앉는다. 한 쪽 제일 끝에 앉은 사람이 간단한 메시지를 바로 옆에 있는 사람에게 속삭이고 두 번째 사람은 세 번째 사람에게 동일한 메시지를 속삭인다. 이러한 방법으로 메시지가 다른 쪽 맨 끝에 있는 사람까지 전달되면 메시지 내용을 마지막 사람이 큰 소리로 공개한다. 그 메시지는 정확하게 전달되었는가? 아니면 엉뚱하게 전달되었는가? 중요한 메시지는 와전되지 않도록 직접 전달하거나 글로 전달하는 것이 더 좋다는 것을 자녀에게 가르쳐라.

편지

말보다는 편지가 의사소통을 하기 위해 더 좋을 수 있다. 편지는 편지를 쓰는 사람으로 하여금 무엇을 말할 것인가를 생각하는 시간을 주고 자신의 생각을 다시 생각하는 즐거움을 주기도 한다. 아동들이나 청소년들은 친구들에게 기꺼이 편지를 쓰며 성인들은 직장에서 메모를 통하여 흔히 의사소통을 한다. 이러한 의사소통의 방법을 가정에 적용해 보는 것이 좋다. 우편함을 사서 거실에 걸어 놓고 편지지와 편지 봉투를 비치해 놓는다. 가족들에게 그 우편함을 이용하도록 권한다. 부모와 자녀들은 서로에게 편지를 써서 봉투를 봉인하고 편지를 우편함에 넣는다. 가족들은 자신에게 오지 않은 편지를 열어 보아서는 안되며 편지의 비밀을 지켜주어야 한다. 가족 우편함을 이용하여 가정 또는 가족문제를 제기할 수 있을 뿐만 아니라 축하 또는 사랑의 메시지를 전달할 수도 있다.

알림판

달력 바로 밑에 알림판을 붙인다. 칠판 또는 게시판을 이용하면 좋고 어린아이도 사용할 수 있도록 낮게 붙인다. 가정생활은 매우 재미있을 것이고 중요한 메시지를 깜박 잊어버리지도 않을 것이다. 약속, 모임, 애정표시, 행운기원을 강조하기 위해서 알림판을 이용하면 좋다.

잠깐! 3분간

정확한 초시계 또는 모래시계(3분용)를 이용하여 모든 사람들에게 3분간 말할 시간을 준다. 이 3분 동안에는 모든 사람이 주의를 집중해야 한다. 즉 불쑥 끼어들거나 얼굴을 찌푸리거나 잡담을 생각해서는 안 된다. 다만 말하는 사람의 말에 동의할 때 고개만 끄덕거릴 수 있다. 말하는 사람이 3분도 채 되지 않아 말을 마쳤을 때 듣는 사람들은 3분이 될 때까지 조용히 기다린다. 문제가 풀릴 때까지 이와 같은 방법으로 순번에 따라 말하고 듣는다.

등을 맞대고

감정이 너무 고조되어 바람직하지 않은 몸짓, 표정을 노출하지 않고는 민감한 사항을 논의하기가 어려울 때 등을 맞대고 대화하는 것이 효과적이다. 부자연스럽게 웃는 사람 또는 눈알을 부라리는 사람과 의미 있는 대화를 하기는 어렵다. 그러므로 감정을 진정시키기 위해서는 시선을 피할 필요가 있다. 서로 얼굴을 맞대면서 말하고 듣는 것이 최선의 의사소통 방법이므로 등대고 의사 소통하는 방법은 최후의 수단으로 이용되어야 한다.

집단에서의 의사소통 기법들

파랑새

침실에는 목각 원앙새가 있을 수 있고, 거실에는 플라스틱 거북이도 있을 수 있고, 자녀의 방에는 파랑새 인형이 있을 수도 있다. 이것들이 평화를 상징한다고 생각하고 그 하나를 들고 가족들이 빙 둘러앉는다. 예를 들어, 파랑새 인형을 택했을 경우 이 파랑새 인형을 번갈아 가면서 손에 들고, 이 인형을 든 사람만이 말할 수 있다. 말하는 사람이 다른 사람을 헐뜯거나 비난하면 평화회의의 본뜻에 어긋난다.

거미줄

다함께 원형으로 앉는다. 처음 말하는 사람이 실 뭉치를 갖고 있는다. 다른 사람이 말하기를 원하면, 첫 번째 사람이 실뭉치의 한 쪽 끝을 붙들고 그 실뭉치를 그 사람에게 건네준다. 대화가 이 사람 저 사람을 거쳐 진행되면, 실뭉치는 대화 흐름의 흔적을 남기면서 거미줄처럼 풀어질 것이다. 이 실이 모든 사람들에게 연결되어야 하며 모든 사람들이 대화에 열심히 참여해야 한다는 것을 의미한다.

경험

다른 민족 또는 다른 국가의 문화를 자녀들에게 경험시킨다. 다른 나라의 사람들이 운영하는 식당에서 외국 음식을 먹어 보도록 하기도 하고, 다른 민족들의 기념행사에 참여시킨다. 다양한 민족들의 다양한 의사소통 방법들을 자녀와 함께 조사한다. 그들의 몸짓과 풍습에 주목한다. 모든 세계 사람들이 악수로 인사를 하는가? 한국 사람들은 다른 나라 사람들의 의사소통 양식을 받아들일 수 있는가? 한국 사람들은 고개 숙여 인사하고 미국 사람들은 서로 포옹하여 인사한다. 당신의 자녀가 미국에서 한국 사람을 만나면 포옹하며 인사할 것인가?

대학에서 일본어를 전공하고 학교에서 일본어를 가르치는 친구가 있다. 그의 막내아들이 7세가 되었을 때 가족 모두가 여름 방학 동안에 일본에 가서 생활하였다. 그래서 그의 자녀들은 일본어를 유창하게 하였고 일본 친구들을 갖게 되었다. 겨울 방학 동안에는 일본 학생들을 그의 집에 초대하였다. 아동들은 기꺼이 두 나라 말을 사용하였다. 외국어에 대한 경험을 함께 할 수 있게 된 것이다.

사교술을 높이는 활동들

대화 방법들

가족과 함께, 대화를 시작하는 방법들을 많이 생각해보고 이야기 해보자. 대화 상대자가 다양할 것이다. 예를 들면 잘 모르는 사람, 잘 아는 사람, 싸웠던 사람, 청각 장애자, 외국인 등이 있을 것이다. 대화를 시작하는 방법들을 충분히 생각하고 나서 대화를 끝맺는 방법들, 화제를 바꾸는 방법들, 부정적인 대화내용에서 긍정적인 대화내용으로 전환시키는 방법들을 생각해 보라.

미리 해보기

생일파티, 결혼식, 전화응대 등과 같이 앞으로 겪게 될 사건들을 실습해 본다. 상황에 적합한 의상을 입고 소품을 활용하여 상황을 연출해 본다. 예를 들어, 신랑의상을 입혀 신랑처럼 행동하도록 해보고, 신부의상을 입혀 신부의 입장이 되도록 해보고, 하객의 역할을 연출해 보도록 한다.

또한 전화예절을 자녀들에게 가르칠 필요가 있다. 자녀가 전화를 걸었을 때 상대방에게 지켜야 할 예절, 전화하는 중에 지켜야 할 예절, 전화를 끝낼 때의 예절, 전화가 걸려왔을 때 전화를 받는 예절, 전화를 통하여 부탁하거나 질문하는 예절 등을 자녀에게 시범을 보여 가르쳐 주어야 한다.

환영회

새로 이사온 이웃들에게 환영회를 자녀와 함께 베풀어 보자. 음식을 마련하여 집에 초대하고 필수품을 나누어 주자. 이삿짐을 나르고 있는 사람들은 그 음식에 고마워할 것이다. 새로 이사온 사람에게 지역지도, 전화부 등을 나누어 주고, 상점, 식당, 공원 등에 관한 정보를 알려 주자. 새로운 환경에 낯선 사람들에게는 보살핌이 필요하다는 것을 자녀에게 가르쳐 주어야 한다.

협동과 팀워크를 가르치는 활동들

넷이서 한마음

네 명의 학생이 침대보의 네 귀퉁이를 각각 팽팽하게 잡고 침대보 가운데에 여러 개의 탁구공을 놓는다. 목표는 가능한 한 많은 탁구공을 튀게 하는 것이다. 한 학생만이 침대보를 흔들고 나머지 학생들은 침대보를 꼭 잡고 있는다. 몇 개의 공이 튀는가? 별로 튀지 않을 것이다. 돌아가면서 학생들이 각각 침대보를 흔들어 본다. 결과는 마찬가지일 것이다. 그러나 네 명의 학생이 함께 침대보를 흔들면 탁구공들은 이리 저리 튈 것이다. 성공은 혼자의 힘으로는 불가능하다. 협력을 할 때 목표를 달성할 수 있다.

공 굴리기

학생들이 서로 몸이 닿도록 밀착해서 원형으로 앉고 다리를 쭉 편다. 손을 대지 않고 무릎과 무릎을 이용하여 옆에 있는 학생들에게 될 수 있는 한 빨리 공을 전달한다. 시간을 측정해 보고 공을 전달하는 시간을 단축시킨다. 이렇게 하는 과정 속에서 "거꾸로" 외치면 공을 반대 방향으로 이동시킨다. 공의 크기가 다른 여러 개의 공, 예를 들면, 농구공, 축구공, 배구공, 럭비공 등과 같은 공을 사용해도 좋다. 공 굴리기는 협동심을 가르칠 뿐만 아니라 즐거운 웃음을 만들어낼 수 있다.

빨강색 카드와 파란색 카드

자녀들이 싸울 때마다 빨강색 카드를 상자에 넣고, 자녀들이 사이 좋게 지낼 때마다 파란색 카드를 상자에 넣는다. 주말에 빨강색 카드의 개수와 파란색 카드의 개수를 비교하여 파란색 카드가 많을 때는 자녀가 원하는 것을 해 주도록 하고, 빨강색 카드가 많을 때는 집안 봉사를 시킨다.

8장 · 자기 자신을 알면 절제할 수 있다

나리의 다섯 번째 생일날, 나리의 집에서는 생일 파티가 있었다. 나리의 친구들이 앞구르기, 옆구르기, 뒤로 구르기를 하면서 놀고 있을 때, 세 살짜리 송이는 눈을 동그랗게 뜨고 이 재주넘기를 조용히 지켜보고 있었다. 파티를 끝내고 집으로 돌아온 송이는 침대 위에서 재주넘기를 해 보았다. 연습을 하고 나서 앞구르기는 어느 정도 할 수 있었으나 뒤로 구르기는 엄마의 도움이 필요하였다. 아빠가 집에 돌아오자 송이는 아빠에게 자신의 재주넘기 기술을 보여주고 싶었다. 그래서 으스대며 아빠가 보는 데서 힘차게 앞구르기를 하였다. 그리고 엄마의 도움을 받아서 뒤로 구르기도 하였다. 아빠는 근심스런 표정을 하고 재주넘기를 만류하였다. 아빠는 뒤로 구르기가 유아의 목에 과중한 부담을 줄 것이라고 걱정하였다. 아빠는 뒤로 구르기가 치명상을 줄 수 있다고 말하였고, 엄마는 놀란 듯이 눈을 크게 치켜세우고 아빠의 말을 듣고 있었다.

엄마와 아빠는 송이가 자신의 힘으로 뒤로 구르기를 할 수 있을 때까지 뒤로 구르는 재주넘기 기술을 금지시켰다. 겉보기는 송이가 아빠, 엄마의 결정에 따르는 듯 했으나 눈치를 보다가 사흘 후에 욕실에서 뒤로 구르기를 연습하였다. 그 때, 엄마는 "너는 나를 불안하게 만드는구나. 네가 다칠까 걱정스럽다."라고 말하였다. 송이는 잠시 생각하다가 욕실에서 나와서 침대 위에 올라가서 뒤로구르기를 시도하려고 했다. 순간 사흘 전 걱정하던 아빠의 얼굴이 등대 불빛처럼 반짝 떠 올랐다. 그래서 눈살을 찌푸리고 단호한 목소리로 "안 돼! 안 돼! 아빠에게 걱정을 끼쳐 드려서는 안 돼."라고 말하였다. 그리고 대신에 앞구르기를 하였다.

대부분의 아동들처럼, 송이는 부모의 말과 행동에 주목한다. 처음 뒤로 구르기를 할 때, 송이는 자신이 다칠까 걱정하는 아빠의 표정을 알아보았다. 또한 욕실에서 재주넘기를 할 때, 송이는 엄마의 불안한 마음을 읽었다. 송이는 엄마로부터 느낌(감정)에 이름을 부여하는 것을 배웠다. 그래서 송이는 자신이 느끼는 감정에 새로운 이름을 붙이게 되었고, 이를 이용하여 자신의 행동을 조절하였다.

두 살밖에 안된 유아조차도 자기자신과 주변세계에 대한 통찰과 이해, 다시 말해 자기 인식을 발달시킨다. 획기적인 사실은 송이가 자기자신과 주변세계의 정보를 이용하여 자신의 행동을 규제하는 것이다. 아동들은 관찰, 연습, 경험을 통하여 자기자신을 알게 되고 자기자신에 대한 정보를 이용하여 의사결정과 행동을 규제한다. 자기인식의 기술로서는 자기통찰, 감정관리, 직관이 있다.

자기통찰

자신의 주변세계에 대한 이해가 넓어지면서 동시에 자신의 내부세계에 대한 이해도 증가한다. 자기통찰은 자신의 욕망, 충동, 감정, 기분, 사고, 신념에 대한 인식이며 이 용어들에 대한 이해이다. 이러한 종류의 지능이 없다면 세상의 지식이란 쓸모가 없다. 자기 통찰력이 있는 아동은 자신의 감정, 사고, 행동을 결합시킨다. 아동의 행동은 감정이나 충동에 의해서만 이루어지는 것이 아니라 예상되는 결과들, 다양한 문제 해결방법들에 의해서도 결정된다. 송이의 경우에서 보았듯이, 아동들은 눈, 귀, 행동, 다른 사람들의 말 등을 통하여 자신의 정보를 흡수하면서 자기통찰을 발달시킨다. 아동들은 자신들에 대한 정보들을 모으고 그 정보 하나 하나에 이름을 붙인다. 정보가 의미 있게 결합하면 아동의 사고와 감정과 행동은 조화를 이룬다.

감정관리

우리는 말을 통하여 감정을 형성하고 조직하고 의사를 전달한다. 말이 없다면 아동들은 마치 유아가 자신이 배고프거나 배설했다는 것을 부모에게 알릴 때처럼 자신의 의사를 제대로 표현할 수 없을 것이다. 감정들에 명칭을 부여함으로써, 분노를 가라앉히고, 고통을 완화시키고, 혼란을 바로 잡는 방법을 아동들에게 가르칠 수 있다. 이 과정은 아동들에게 선택의 시간을 주고 감정에 관련된 결과들을 생각할 시간을 준다. 감정관리는 감성지능의 주요한 요인이다.

직관

자신을 발견하고 자신을 알면 자신과 자신의 능력에 대해서 자신감을 갖게 된다. 정보는 점차 직관이 된다. 각 단계에 따라 의식적으로 생각하지 않아도 무엇을 해야 하는지를 알게 된다. 직관은 자신을 알 수 있는 기술이다. 직관을 안전하게 활용하기 위해서는 합리적 정신을 이용해야 한다. 직관은 문제 해결과 위기관리의 역할을 한다.

EQ 발달을 위한 지침

자기 통찰, 감정관리, 직관에 대한 지침을 알아보자.

◀ 단계 Ⅰ 유아기: 출생～24개월 ▶

생후 12개월에서 24개월 된 유아는 감각적 탐색을 한다. 예를 들면 물건을 입에 넣는 것, 거울을 들여다 보는 것, 손가락을 빠는 것 등과 같은 행동을 통하여 자기인식을 표현한다. 유아는 자신의 이름, 옷, 침대, 장난감, 가족 등을 알아본다. 이 시기의 아동은 통찰의 징후를 보이지 않고 감정관리를 할 줄 모른다.

◀ 단계 Ⅱ 아동 초기: 2세~6세 ▶

2세에서 4세의 아동들은 성인들이 알고 있는 대부분의 감정들을 경험한다. 아동들은 애정, 화, 불안, 흥분 등과 같은 과격한 감정과 불끈하기, 어리석은 행동하기, 과다하게 활동하기, 울기 등과 같은 과격한 행동을 표출한다. 그리고 자신의 감정을 전달할 수 있는 말과 방법을 배우는 데 관심을 보인다.

이 시기의 아동들은 이러한 감정들이 발생하는 원인과 이러한 감정들을 통제하는 방법을 모른다.

4세에서 5세의 아동들은 사회규칙을 더 알게 되고 자신의 행동을 조절한다. 성숙한 모습으로 감정을 표현한다. 예를 들면 뾰루퉁하기, 푸념하기, 곰곰이 생각하기 등이 있다. 그리고 감정을 분명히 말할 수 있다. 예를 들면, "누나가 나에게 욕을 하기 때문에 나는 누나에게 화가 난다."라고 말한다. 자신과 다른 사람들의 행동을 이해하려고 한다.

이 시기의 아동은 감정과 생각에 대해서 장시간 얘기할 수 없다. 일관성 있게 또는 요구하는 대로 행동을 하지 못한다. 자신의 감정을 잘 통제하지 못한다.

◀ 단계 Ⅲ 아동 후기: 6세~11세 ▶

6세에서 11세의 아동들은 고조된 감정을 오랫동안 갖고 있지 않고 대체로 즐겁게 생활한다. 사회적으로 받아들여지지 않는 외적 감정 표현(우는 것, 뾰루퉁하는 것, 불안해 하는 것)을 통제한다. 그러기 때문에 아동들은 긴장하게 되고 신경이 예민해진다. 집 안에서 보다도 집 밖에서 자신의 감정을 이해하고 관리하기 위해서 노력한다.

이 시기의 아동들은 상당한 노력이 없이는 사회적 압력에 적응하지 못한다. 자신들의 변덕이 가족들에게 어떻게 영향을 주는지를 모른다.

◀ 단계 Ⅳ 청소년 초기: 11세~15세 ▶

청소년들은 고조된 감정, 변덕스러움, 과장된 반응, 자신의 느낌에 대한 혼란, 자신의 독립성에 대한 두 가지(양립하는) 감정을 경험한다. 아이들처럼 취급받을 때 매우 속 뒤틀려 한다. 이 때는 곰곰이 생각하기, 말하기를 거부하기, 소란 피우기, 자기 방으로 가서 음악을 듣기, 크게 소리지르며 비난하기 등으로 분노의 감정을 표현한다. 자신의 좋은 점과 나쁜 점을 더 잘 알기 시작하며 자신에게 너무 몰입하기 때문에 다른 사람에게 소홀히 한다. 자신의 외모, 의상, 매력에 대해서 대단히 민감하다. 자신 만만해 하며 자신의 능력과 한계에 대해서 잘 모른다.

이 시기의 청소년들은 좌절감에 빠지거나 자기 파괴적인 행동(무방비적 성행위, 약물흡입과 음주행위, 무단결석)을 하기도 한다.

자문 자답

• 자녀가 변덕스러운가? 자녀가 쉽게 좌절하는가? 자녀가 과민한가?

— 그는 자신의 감정을 통제하지도 못한다. 자녀는 왜 속상

하고 무엇 때문에 속상한지 모른다.

• 자녀가 "어떻게 느끼는가? 왜 그 일을 하였는가? 어떻게 생각하는가?"라는 질문에 대해서 대답을 잘 못하는가?
　― 그는 이런 질문에 대해서 "나는 몰라" 또는 전혀 아무
　　대답도 못한다.

• 자녀가 자주 화를 내고, 감정을 폭발하며, 공격적 행동을 하는가?
　― 그는 제멋대로 행동하며, 이치에 따르지 않으며, 문제에
　　대해서 말하지 않는다. 쇠귀에 경 읽기식이다.

• 자녀가 문제행동을 반복하는가?
　― 그에게는 처벌이 효과가 없다.

자기인식을 향상시키는 방법

• 자신의 감정을 말로 표현하지 못하거나 자신의 감정이 받아들여지지 않을 때 좌절감을 느낀다. 당신의 감정, 자녀의 감정, 다른 사람들의 감정을 마음으로부터 존중하라.
• 일상적으로 대화할 때, 감정과 관계 있는 말들을 의도적으로 가르쳐라. 자녀의 나이에 맞는 말들을 가르쳐야 한다. 발음하기가 어렵거나 설명하기가 복잡하다고 해서 그 말들을 피할 필요가 없다. 왜냐하면 나중에 다시 한번 들으면 그 말에 익숙해

질 수 있기 때문이다.

· 당신의 감정, 생각, 경험을 자녀와 함께 나누어 개방적인 분위기를 조성하라. 자녀들은 그들이 가지고 있는 모든 감정(흥분, 곤혹, 분노, 걱정 등등)을 당신도 가지고 있다는 사실을 알 필요가 있다. 부모들이 이러한 감정들을 숨김없이 인정하는 것을 보고 들음으로써 자녀들도 자신들의 감정을 숨김없이 인정한다. 아동들은 부모 또는 교사도 실수할 수 있다는 사실을 알 필요가 있다.

· 감정이나, 생각, 경험을 어떠한 방법으로 나누어야 할지 막막할지도 모른다. 그렇다고 해서 그만 두어서는 안된다. 의사소통의 통로를 막기보다는 실수를 하더라도 시도하는 것이 더 낫다. 아동들은 감정, 생각, 경험의 내용보다는 그것을 나누는 과정에 더 관심이 있다.

· 자녀의 생각과 감정을 이해하고 당신의 생각과 감정을 분명히 말하면 당신의 행동에 대하여 자녀는 수용적인 것이다. 한계를 명확히 함으로써 명료한 메시지를 전달할 수 있다.

· 자기인식을 잘 하는 아동들은 과민할 수 있다. 그들이 어른들에게는 마음에 들지 않는 감정들(예를 들면, 나는 동생을 증오한다)을 표현하는 것은 정상적이고 당연하다. 이를 조롱하거나 비난하지 말고 성급히 고쳐주려고도 하지 말아야 한다. 그들이 스스로 깨우쳐야 한다.

· 자녀가 당신 또는 당신의 행동에 대하여 약점을 잡으려고 하면 방어하려고 하지 말라. 심호흡을 하라. 자녀가 당신의 권위

를 침해하려고 하는 것이 아니라 당신이 그에게 가르친 것을 하려고 할 뿐이라는 사실을 기억하라. 이것은 자아인식과 통찰이 성장하고 있다는 표시이다. 왜냐하면 자녀는 자신에 대해서 배운 것을 다른 사람에게 적용하고 있는 것이기 때문이다.

자기 통찰, 직관, 감정관리를 향상시키는 활동들

감정 카드

카드 앞면에 감정의 이름을 쓰고, 카드 뒷면에 그 감정을 나타내는 그림을 그리거나 그 감정을 표현하는 자녀의 사진을 붙인다. 이렇게 하면 자녀가 감정과 그 감정을 나타내는 말을 쉽게 결부시켜 생각할 수 있다. 감정 카드 한 벌을 만든다. 다음과 같이 감정 카드를 이용하면 유용하다.

첫째, 한 사람이 감정 카드를 뽑아 들고 그 카드에 쓰여 있는 감정을 몸짓으로 표현하면 다른 사람들은 그 몸짓이 어떤 감정을 나타내는지 알아 맞춘다.

둘째, 자녀에게 감정을 나타내는 그림을 보여주고 그 그림이 어떤 감정을 나타내는지 말해보도록 하거나 감정을 나타내는 단어를 보여주고 그 감정을 표현해 보도록 한다.

셋째, 감정 카드 두 벌을 준비한다. 한 사람이 감정을 나타내는 낱말을 제시하면 다른 사람은 그 감정을 나타내는 그림을 제시한다.

감정 무언

당신과 자녀가 함께 얼굴에 화장을 하고 거울 앞에 서서 몸짓이나 동작으로 여러 가지 감정들을 표현하는 연습을 한다. 분노의 감정 또는 슬픈 감정을 얼마나 다양하게 얼굴표정으로 나타낼 수 있는지 알아 보라. 그리고 여러 가지 감정들을 내포하고 있는 단막극을 연기해 본다.

감정 지수

분노, 슬픔, 혐오, 당황, 절망, 우울, 행복, 사랑 등의 감정을 나타내는 그림이나 사진 또는 인형을 준비한다. 그날그날 자기의 감정을 나타내는 그림, 사진을 자기 방에 붙이거나 인형을 놓는다.

감정 사냥

자녀와 함께 감정 사냥을 떠난다. 잡지, 신문, 책, 그림(사진 관련 책이면 더 좋다)등을 준비한다. 아빠가 어떤 감정을 말하면 자녀들은 간행물에서 그 감정을 표현하는 그림을 찾는다.

감정 예술

예술은 자기 표현이다. 아동들이 점토로 형상을 만들거나 성인들이 캔버스에 그림을 그릴 때 그들은 자신의 내면세계를 표현한다. 자녀에게 예술을 가르치는 것은 자녀에게 새로운 의사소통의 방법을 가르치는 것이다.

감정 콜라주

자녀에게 여러 권의 잡지를 주고 여러 가지 감정을 표현하고 있는 사진들을 오리도록 한다. 이 사진들을 넓은 종이에 정렬하여 붙이고 각각의 사진에 감정의 이름을 쓰도록 한다. 자녀가 쉽게 볼 수 있는 곳에 감정 콜라주를 매단다. 자녀가 어떤 감정을 강렬하게 느끼지만 말로 표현하기 어려울 때 자녀와 함께 감정 콜라주에 가서 그의 감정을 가장 잘 나타내고 있는 그림을 가리키도록 한다.

감정 표현

이용한다. 감정 카드를 집어들고 그 감정을 몸짓, 말, 행동 등 모든 방법으로 표현한다. 예를 들어, 째지는 소리를 지르거나 고함을 질러서 분노 감정을 표현할 수도 있지만 주먹을 쥐어 보이고 얼굴을 붉히거나 씩씩거리며 불평을 하거나 아무 말도 하지 않고 요지부동함으로써 분노 감정을 표현할 수 있다.

감정관리 방정식(감정+긍정적 행동=긍정적 결과)

너무 화가 나서 폭발 직전의 경험을 한 적이 있는가? 감정을 어떻게 추스렸는가? 기어이 화를 폭발시켜 상황이 더 악화되지는 않았는가? 아니면 화를 잠재우는 방법을 찾았는가?

감정은 인간을 행복하게도 하고 불행하게도 한다. 강렬한 감정은 기운을 돋구기도 하고 허탈하게도 한다. 당신이 분노, 좌절, 질투를 다스리기 어려운 감정이라고 생각하면 당신보다 경험이 부족한 자녀는 하물며 어떠하겠는가? 자녀와 함께 사람들이 감정을 해결하는 바람직한 방법과 바람직하지 않은 방법을 논의해 보라. 예를 들어, 분노를 다루는 바람직한 반응은 산책하면서 화를 삭이거나 조용히 자신의 감정을 상대방에게 말하는 것이다.

바람직하지 않은 반응은 고함을 지르거나 상대방을 때리는 것이다. 넓은 종이의 앞면에 "감정＋바람직한 행동＝(　　　)"라고 쓰고 뒷면에 "감정+바람직하지 않은 행동＝(　　　)"라고 쓴다. 앞면과 뒷면에 있는 감정 방정식의 감정이라고 쓰여져 있는 밑에다 여러 가지 감정의 이름을 쓴다. 각각의 감정을 표현하는 방법들을 자녀들에게 말해 보도록 한다. 실제로 있었던 일을 생각해 보도록 하는 것이 도움이 된다. 다음에 각각의 감정을 해소하기 위하여 시도했던 바람직한 방법과 바람직하지 않은 방법을 말해 보도록 한다. 감정 방정식의 바람직한 행동 또는 바람직하지 않은 행동이라고 쓰여져 있는 밑에다 이 방법들을 쓴다.

예를 들어 엄마의 경우, 엄마는 친구가 이혼했다는 소식에 슬픈 감정을 가질 것이다. 앞면에 "엄마는 친구에게 연민을 느낀다고 말하였다", "엄마는 친구를 붙잡고 울었다", "엄마는 친구의 감정을 이해하기 위하여 이혼 관련서적을 읽었다."라고 쓰여질 것이다. 뒷면에는 "엄마는 슬픈 감정을 분노의 감정으로 바꾸어 친구에게 화를 냈다", "엄마는 아무에게도 아무 말도 하지 않고 혼자 하루종일 울었다."라고 쓰여질 것이다.

여러 가지 감정들과 그에 수반되는 행동들을 찾았으면 각각의 결과를 쓴다. 예를 들어, "화＋산책＝마음이 진정되고 왜 화가 났는지를 말할 수 있다."와 같다.

감정 모델

빙 둘러앉는다. 한 사람이 의상 모델처럼 원안에 돌아다니면서 감정(예를 들면 화, 기쁨, 슬픔, 행복, 실망, 흥분 등)을 몸짓으로 표현한다. 한꺼번에 여러 사람들이 걸어다니면서 감정을 표현해도 된다. 다른 사람들은 감정 모델이 표현하고 있는 감정의 이름을 말한다.

분노 감정을 관리하는 활동들

사람들이 다루기가 가장 어려운 감정이 분노이다. 분노의 감정을 다루기에 도움이 되는 활동들을 소개하고자 한다.

독백

화가 나기 시작할 때 무릎이나 팔을 가볍게 톡톡 친다. 톡톡 두드리기는 생각을 구체적으로 조직하기 때문에 무심결에 튀어나오는 말이나 화풀이 행동을 억제할 수 있다. 화를 참기 위하여 화를 완전히 전환시키는 것이 좋다. 오른쪽 무릎을 두드린다. 그리하여 다양한 감정 표현 방법을 생각할 수 있는 시간적 여유가 생긴다. 따라서 자제심을 잃을 때 보통 생기는 일들의 흐름을 차단할 수 있다. 화가 날 때 자기만이 사용하는 말들을 만들어 보자. 예를 들면 "아이구!", "오! 하나님", "맙소사" 처럼 치솟아 오르는 분노를 이와 같은 말로 대치할 수 있다.

생각하는 의자

자녀가 자제심을 잃을 때 생각의자로 데리고 간다. 일석이조(一石二鳥)의 효과가 있다. 즉 마음을 진정시킬 수 있고 구체적인 행동절차를 생각할 수 있다. 생각의자는 충동적인 행동, 적대적인 행동, 공격적인 행동, 과격한 감정 행동을 교정하는 데 매우 효과가 있다. 생각의자는 힘 대결을 피하고 감정을 억제하는 데 매우 좋은 방법이다. 생각의자를 사용하는 방법은 다음과 같다.

첫째, 장난감과 텔레비전이 없는 조용한 방에 생각의자를 갖다 놓는다.

둘째, 어떤 행동을 했을 때 생각의자에 앉아야 하는지를 분명히 말해 준다.

셋째, 생각의자에 앉아 있을 시간을 말해 준다. 나이에 따라 다르다. 네 살인 경우는 4분, 일곱 살인 경우는 7분이면 족하다.

넷째, 시간이 되었는지를 물어볼 필요가 없도록 타임 벨을 설치해 준다.

다섯째, 벨이 울리면 그의 생각을 말해 보도록 한다. 그가 자신의 잘못을 이해하고 뉘우치면, 그는 생각의자를 떠나도 되지만 그렇지 않을 경우는 더 생각의자에 앉아 있도록 한다.

마지막으로, 자녀가 생각의자에 있을 때 말을 걸지 말라. 이때는 그가 혼자 생각하는 시간이다.

화풀이하는 장소

자녀에게 화풀이를 할 수 있는 장소를 지정해 준다. 화가 치

밀어 오를 때는 언제든지 자녀로 하여금 그곳으로 가도록 한다. 필요하다면 그곳으로 데려간다. 자녀가 거기서 무엇을 하든 상관하지 않는다. 화풀이가 끝나면 그 곳에서 나오도록 한다. 어떻게 화풀이를 했는지 또 다른 방법은 없는지를 물어 본다. STAR(Stop: 멈춘다, Think: 생각한다, Act Right: 올바르게 행동한다) 방법을 권해 본다. 자녀가 화를 해소하기 위하여 스스로 화풀이하는 장소로 가거나 자신의 문제를 스스로 해결할 때는 자녀에게 칭찬을 하고 보상을 한다. 부모가 스스로 모범을 보인다. 이성을 잃어 화가 날 때 화풀이 장소로 가서 화를 해소하거나 진정시킨다.

9장 · 유머와 재치는 행복한 생활을 가져다준다

초등학교 수업시간에 선생님이 학생들에게 장차 커서 어떤 사람이 되고 싶으냐고 묻자 학생들은 경찰관, 비행기 조종사, 선생님, 간호사 등이 되고 싶다고 대답했다. 그러나 슬기는 "저는 개그맨이 되고 싶어요."라고 의기 양양하게 대답하였다. 그러자 모든 학생들이 웃었다. 그러나 슬기는 웃지 않았다. 왜냐하면 자신이 훌륭한 유머기질이 있고 낙천적인 성격이기 때문에 자신의 대답이 사리에 맞는다고 생각했기 때문이다. 슬기는 다른 사람들을 많이 웃겼다. 예를 들면, "하늘에 별이 없으면 어떤 일이 생길까?"라고 친구들에게 물으면 친구들은 한 동안 곰곰이 생각하다가 고루한 대답을 하거나 전혀 대답을 못한다. 친구들이 궁금해서 안달할 때 슬기는 "별 볼 일 없지"라고 대답하였다. 그는 반에서 어릿광대로 알려져 있고 생일선물로 유머 책을 요구하였다.

행복은 기쁨, 희열, 쾌락, 만족, 낙관을 의미한다. 행복을 어떻게 가르치고 어디서 찾을 것인가? 사실, 행복은 미묘하고 복잡한 감성지능이다. 기쁨과 스트레스 대책 체계가 풀 가동할 때 행복을 맛볼 수 있다. 이 체계는 생활의 중압감과 긴장을 유머, 유희, 심신운동, 긴장이완기법을 통하여 진정시키고 조절한다. 스트레스 대책은 생활에 나쁜 영향을 주는 압박을 관리하는 데 도와주는 방법, 기술, 활동이다. 효과적인 대책이란 스트레스의 치명적인 생리효과(심장병, 면역약화, 정서장애, 불안, 의기소침)를 줄이면서 몸과 마음을 돌볼 수 있는 것을 의미한다. 스트레스 대책은 우리 생활에 매우 중요하고 배우기가 매우 어렵기 때문에 개인, 단체, 부부, 가족의 욕구를 전적으로 돌보는 산업이 출현하였다. 사람들은 스포츠 센터, 건강 상담소, 휴양지, 교육기관에서 스트레스를 다루는 것을 배운다. 이 산업은 상당히 발전하고 있지만 행복의 기술에는 아직도 충분한 관심을 기울이지 않고 있다.

행복의 기술은 배우기가 쉽고 재미있다. 자녀에게 행복의 기술들을 가르치기 전에 부모들은 스스로 행복의 기술들을 터득해야 한다. 자녀가 즐거운 생활을 하고, 유머감각을 개발하고, 매사에 쾌락과 행복을 발견하고, 이러한 감정들을 다른 사람들에게 전달하기를 부모들이 바란다면 부모들은 이러한 삶의 과정들을 겪어야 한다. 살아있다는 사실 또는 태양이 빛나고 있는 사실에서 행복을 느낄 수 있을 뿐만 아니라 새의 지저귐 소리에서도 행복을 맛볼 수 있다.

기쁨

기쁨을 아는 것은 행복한 것이다. 웃음이 가득한 가정에서 성장한 아동은 생활의 기쁨을 안다. 이러한 아동은 생활 속에서 이용할 수 있는 유머와 행복을 찾을 것이다. 그는 웃고 농담하고 미소짓는 방법을 알 것이다. 그러나 누구나 다 할 수 있는 것은 아니다.

유머

유머는 안정제의 역할을 한다. 유머는 건강을 증진시키고 고통을 감소시킨다. 인생에는 기쁨과 행복만 있는 것이 아니다. 인생에는 슬픔과 실망도 있기 때문이다. 슬픔과 실망이 생기면 우리는 비축된 기쁨과 삶의 애착에 의지하여 이들을 극복해 낸다. 유머 감각은 일상생활에 흔히 있는 긴장을 발산시킨다. 아동들은 자신들의 실수, 실패, 잘못을 너무 심각하게 생각한다. 행복한 사람이 되기 위해서는 인간이란 불완전한 존재라는 사실을 인정해야 한다.

유희

유희는 강력한 치료제이다. 유희는 생활의 질을 높일 뿐만 아니라 활력을 불어넣고 생활의 압박감과 스트레스를 경감시킨다. 스트레스 요인은 과도한 긴장, 고혈압, 신체적 질병과 관계 있고, 웃음과 유머는 생의 의지를 강화시키고 치명적인 질병과 싸운다.

스트레스 관리

스트레스는 다양한 형태로 나타나며 어른들과 아동들은 과거보다 더 많은 스트레스를 받는다. 스트레스는 아동들의 생활을 침해한다. 아동들은 중압감과 정서적 불안에 시달리고 있다. 왜냐하면 그들에게는 너무 빡빡한 일정에다가 할 일이 너무나 많기 때문이다. 복잡한 세계를 통제하기 위해서 그들이 배워야 할 게 너무나 많다.

EQ 발달을 위한 지침

기쁨, 유머, 유희, 스트레스 관리에 대한 지침을 알아보자

◀ 단계 Ⅰ 유아기: 출생~24개월 ▶

태어나서 첫 돌이 될 때까지 유아는 만족감(예를 들면, 젖은 기저귀를 마른 기저귀로 바꾸어 줄 때, 우유병을 빨아서 배고픔을 충족시킬 때)을 경험하면서 불만족감(소화가 잘 안될 때, 배고플 때)도 경험한다. 이는 신체 조건이 기본 욕구와 직접 관련 있다.

생후 6개월 내지 9개월 된 유아는 웃음이나 소리를 내는 사물을 보면 기쁨의 표시를 나타낸다. 12개월 내지 18개월 된 유

아는 "안 돼!"라는 소리를 듣거나 소원성취를 못했을 때 불만의 표시를 나타낸다. 20개월 내지 24개월 된 유아는 자신의 행동이 웃음을 유발하거나 다른 사람들을 웃길 수 있다는 것을 알고 유머감각을 발달시킨다.

그러나 이 시기의 유아는 무엇이 자신을 좌절시키는지를 모르고 그 좌절을 극복하는 방법도 모른다.

◀ 단계 Ⅱ 아동 초기: 2세~6세 ▶

2세 내지 4세의 아동은 기쁨의 감정을 표현한다. 예를 들면 낄낄 웃기도 하고, 얼뜨기 행동도 하며 웃음을 자아내기도 한다. 자기가 좋아하는 활동들을 반복한다. 스트레스와 격렬한 감정에 바람직하지 않은 행동을 나타낸다. 예를 들면 저항하거나, 골내기도 한다. 수면이 부족하거나 피로하거나 배고플 때 성을 내고, 순종하지 않으며 반항한다.

이 시기의 아동은 무엇이 그에게 기쁨과 행복을 갖다 주는지를 모르며 바람직하지 않은 행동과 스트레스에 어떻게 대처해야 하는지를 모른다.

4세 내지 6세의 아동은 다른 사람들을 웃길 수 있다는 것을 알고 다른 사람들의 말과 행동을 익살맞게 흉내내어 다른 사람들을 웃긴다. 예를 들면 오리걸음, 방귀소리, 코미디언, 얼간이 등을 흉내낸다. 무엇 때문에 스트레스를 받게 되고, 행복해지고, 마음이 편해지고, 기분이 좋아지는지를 안다. 유머를 이해하는 능력이 발달한다. 이 시기의 아동은 언제 멈춰야 하는지 모른다. 다른 사람들이 성가시다고 느낄 때까지 익살을 부린다. 격한 감정을 해소하거나 부적절한 행동을 그만둘 줄 모른다.

◀ 단계 Ⅲ 아동 후기: 6세~11세 ▶

이 시기의 아동은 행복을 느끼며, 유머감각을 갖고, 스트레스를 해소한다. 미숙한 행동을 통하여 행복과 유머를 표현한다(왁자지껄한 웃음, 낄낄거리는 웃음, 성기에 관한 표현, 마루바닥에서 재주넘기, 친한 친구의 비밀을 지키기). 친구와의 대화, 운동놀이, 공상 등을 통하여 긴장을 푼다. 학교생활, 과외활동, 집단운동 등에서 즐거운 경험을 할 때 행복해 하지만 과외활동, 가정학습 등이 과다하면 스트레스를 받고 불행해 한다.

이 시기의 아동은 어른들이 바보스런 행동과 상스런 행동을 싫어한다는 것을 모른다. 가정에 불화가 있거나, 급격한 환경의 변화가 있거나, 또는 여타 문제가 있을 때 행복기술 또는 스트레스 관리기술을 나타내지 못한다.

◀ 단계 Ⅳ 청소년 초기: 11세~15세 ▶

청소년들은 사회적으로, 생리적으로, 심리적으로 적응하려고 무진 애를 쓰면서 감정적 고통을 겪는다. 그들이 아직 미숙하거나 사회적으로 거부당하거나 아동기 이후로 적응해 오지 못했을 때 그들은 더욱 불행해 한다. 그러나 그들이 당면한 문제를 성공적으로 해결할 수 있고 부모와 친구들과 긍정적이고 친밀한 관계를 유지할 수 있을 때 그들은 행복해 한다.

청소년들은 그들이 어렸을 때만큼 자신들의 슬픈 감정을 좀처럼 표현하지 않고 도움도 요청하지 않는다.

자문 자답

• 자녀가 기쁨, 희열, 만족감을 표현하지 못하는가?

— 그는 속에서 우러나오는 자연스러운 웃음을 웃지 않는
다. 어느 순간에도 만족상태에 이르지 못하므로 행복해
지기 위해서는 더 노력해야 될 것 같다.

• 자녀가 정원의 풀벌레 소리 또는 가을밤의 달빛과 같은 평
범한 일상에 감사할 줄 모르는가? 자녀가 소리내어 크게 웃지
못하는가? 자녀의 눈은 거의 반짝이지 않는가? 자녀는 유머스럽
거나 또는 바보스런 표현을 제대로 표현하지 못하는가?

— 태평스런 아동은 인생을 즐거운 것이라고 생각하며 바
보처럼 보이는 행동을 잘 한다.

• 자녀가 매사에 부정적인가?

— 애써서 퍼즐을 맞추어 놓고서 또는 블록을 쌓아 놓고서
그것을 곧 부숴 버린다. 모래성을 쌓고서 망가뜨린다.

• 자녀가 다른 사람들의 행복을 참을 수 없기 때문에 다른
사람들이 행복을 추구하려는 노력을 비난하거나 방해하는가?

— 그는 다른 사람들의 성공을 좋아할 수 없고 대리 성공
감도 느낄 수 없다.

• 자녀가 놀이를 경쟁으로만 보는가? 그가 다른 사람으로부

터 인정을 받았을 때, 놀이에서 오로지 이겼을 때만 행복해 하
는가?

기쁨, 유머, 유희, 스트레스 해소 능력을 향상시키는 방법

• 행복한 환경에서 성장하지 못했거나, 비웃음 또는 천박한
유머에 마음의 상처를 받았거나, 삶의 의욕을 짓밟혔거나, 행복
하게 사는 사람들을 보지 못한 사람들은 다른 사람들에게 행복
의 길을 제시할 수 없다. 선천적인 행복의 욕구를 충족시킬 수
있도록 자녀를 도와주자. 이것이 자녀에게 줄 수 있는 가장 귀
한 선물이다.

• 이 선물을 주는 데 당신이 부담감을 느낀다면, 왜그런지 이
유를 생각해 보라. 당신의 이성에 귀를 기울이고 과연 그것이
이치에 닿는지 알아 보라. 누구의 목소리인가? 그것이 진정 당
신의 목소리인가?

• 인생은 연습이 아니다. 인생은 인생이다. 인생에는 일정한
시간이 있기 때문에, 우리는 완전히 살기 위해서, 곤경에 처해
있을지라도 유머를 발견하기 위해서, 행복을 음미하고 행복을
꼭 붙잡아 놓기 위해서 우리가 할 수 있는 것을 모두 해야 한
다.

• 부모가 자녀를 무조건적으로 수용하고 사랑하면 자녀는 자
기애와 자존심을 갖는다. 부모가 자녀의 사소한 실수와 실패에
관용을 베풀면 자녀는 동정을 갖는다. 이러한 아동은 자신의 실
수가 치명적인 것도 아니며 부정적 요인도 될 수 없다는 것을

알게 될 것이다. 또한 부정적 생각과 자기비판에 굴복하기보다는 칠전팔기의 정신을 갖게 될 것이다.

• 행복해 하고 기쁨에 찬 아동이 모범적으로 행동하고 의욕적으로 학습하며 명랑한 사람과 지낸다. 자녀의 미래에 마음을 맞추어 보라. 당신의 인생과 자녀의 인생에 기쁨과 유머가 충만케 하라.

기쁨과 유머를 가르치는 활동들

팔짝팔짝

아동들은 좋은 애기를 듣자마자 또는 좋은 것을 보자마자 신나게 춤을 춘다. 예를 들면, 아빠가 자녀들에게 외식을 하자고 하거나 엄마가 피자를 사왔거나 친구의 생일파티에서 예쁜 케이크를 보았을 때 자녀들은 팔짝팔짝 뛰면서 좋아한다. 어른들도 좋아하기는 마찬가지이다. 그러나 어른들은 직장에서 승진하거나 복권에 당첨되었을 때 혼자서 좋아하거나 친한 친구 또는 가족들 앞에서 기뻐한다. 우리는 어른이 되어가면서 팔짝팔짝 뛰는 기쁨이 사라지게 된다.

당신이 어릴 때 순수하고 티없는 기쁨을 얼마나 마음껏 표현하였는지를 생각해 보라. 초등학교 시절, 여름방학을 하던 날, 마지막 수업이 끝나는 종이 울렸을 때를 생각해 보라. 아마도 당신은 기쁜 나머지 걸상에서 벌떡 일어나 손뼉을 치고 팔을 흔들면서 팔짝팔짝 뛰어다녔을지도 모른다. 당신은 지금도 팔짝팔짝 뛰면서 기쁨을 표현해 볼 수 있겠는가? 당신은 이처럼 자녀가 순수한 행복을 즉흥적으로 표현하는 것을 좋아하는가?

팔짝팔짝 뛰는 기쁨은 아동의 건강에 필수적이다. 아드레날린이 흘러 넘치고, 몸에서 힘이 솟고, 기분이 아주 좋아지며, 긍정적인 감정이 활활 불타오른다

나는 행복해

인생을 즐겁게 살 수 있는 시간을 갖자. 모든 일에 감사하며 모든 일에 기뻐하자. 자녀와 함께 앉아서 당신과 가족을 행복하게 하는 물건들이나 일들을 적어 보자. 아주 사소한 것뿐만 아니라 굉장한 것도 적어 보라. 팔짝팔짝 뛰면서 기쁨을 표현해 보라.

얼간이 상

가정, 학급, 직장에는 익살꾼들이 있게 마련이다. 이들은 얼간이처럼 행동하는 것을 두려워하지 않는다. 왜냐하면 다른 사람들을 웃기는 것을 좋아하기 때문이다. 대부분 사람들은 다른 사람들을 웃기고 싶어하지만 얼뜨기 같은 행동이 바보처럼 보일까봐 이와 같은 행동을 선뜻 하지 못한다. 당신이 불을 붙이는 역할을 해 보라. 자녀가 익살을 부릴 수 있도록 마음 편한 분위기를 조성하라. 보상을 하면 더욱 좋다. 주말마다 사람들을 가장 웃긴 사람에게 보상한다.

기쁨 단지

가족들에게 모든 사람들을 행복하게 하는 장소, 사물, 활동들

(예를 들면, 여름에 계곡에 가서 더위를 식혔던 일, 레스토랑에서 피자를 맛있게 먹었던 일, 수학여행, 생일파티 등)을 생각하게 하여 각각의 종이에 써서 기쁨단지에 넣게 한다. 가족이 기쁨의 알약을 필요로 할 때는 언제든지 기쁨단지에서 그것을 끄집어 내어 재현해 본다.

향기 높은 뉴스

엄마는 가출하고, 아빠는 실직하고, 아이는 백혈병에 걸려 사경을 헤맨다는 신문기사를 읽던 지민이 엄마는 눈물을 흘리며 울먹거렸다. 그러다가 음주운전 기사가 여러 사람에게 상해를 입히고 뺑소니쳤다는 기사를 보고는 격분하였다. 옆에서 이것을 보던 지민이는 그렇게 기분을 잡치게 하는 신문을 왜 보는지 엄마에게 물었다. 엄마는 지민이의 물음에 대답을 하려다가 결국에는 신문은 서글프고, 불쾌하고, 황량한 내용들로 가득 차 있다는 것을 알게 되었다. 그래서 지민이 엄마는 독자들의 기분을 좋게 하는 신문을 만들기로 하였다. 엄마와 가족들은 머리기사와 기사제목을 보고 향기 높은 내용만을 오려서 다시 편집하였다. 다른 사람들에게 기쁨을 주는 새로운 버전의 향기 높은 신문을 만들게 되었다.

도시락 편지

엄마와 아빠가 갑자기 측은해 보이기도 하고 어떤 때는 고맙기도 하여 눈시울이 뜨거워지기도 한다. 그러나 이러한 감상을 엄마와 아빠에게 표현하기가 쑥스럽기도 하고 적절한 방법이 잘 생각나지 않기도 한다. 이럴 때는 편지를 쓰거나 시를 써서 빈 도시락에 넣어 보자.

스트레스를 해소하기 위한 활동들

스트레스 해소

어른들이 스트레스를 해소하는 방법을 알고 있듯이 아동들도 스트레스를 해소하는 방법을 배울 필요가 있다. 그러나 아동들은 기껏해야 지나치게 힘만을 낭비한다. 아동들에게는 스트레스를 신체 밖으로 배출할 필요가 있다. 예를 들면, 현기증이 날 때까지 소프트볼을 맘껏 치든지 또는 농구공을 실컷 던지든지 하면 좋다. 우리 가족들은 공을 공원에 가지고 가서 미친 듯이 차고 뛰어 다닌다. 스트레스를 말끔히 씻고 집으로 돌아오는 것이다.

명상

하루를 정리할 시간이 아동들에게는 필요하다. 때때로 텔레비전, 음악, 컴퓨터 없이 혼자 조용히 앉아 있는 것이 도움된다. 아동들이 조용히 앉아서 명상하기에는 인내가 필요하다. 아동들은 외부 자극에 너무나 익숙해 있기 때문에 외부자극이 없으면 그들은 공허감을 갖는다. 적어도 하루에 15분은 외부의 방해를 받지 않도록 계획한다. 자녀가 외부에 주의를 돌리지 않도록 하고 처음에는 음악을 듣도록 한다. 그런 후에 모든 유혹물을 차단시키면 자녀는 매일 명상의 시간을 갖는 데 도움을 얻을 것이다.

음악감상

심상과 환상을 통하여 긴장된 마음을 진정시킨다. 평화스런 모습을 담은 사진 또는 그림을 잘 보이는 곳에 붙이고, 자녀를 조용한 곳에 누이고, 음악을 틀고, 이야기를 꾸며서 자녀에게 말해 준다. 예를 들면, 태평양에 관련된 사진을 붙였다면 고래에 관련된 노래를 들려주며 자녀로 하여금 짐짓 태평양 속에 있는 고래인 것처럼 가정하도록 한다. 자녀로 하여금 눈을 감고 음악을 들으면서 태평양 속에서 평화스럽게 살아가는 고래를 마음 속에 그려보도록 한다.

편안한 잠

자녀에게 나지막한 소리로 다음과 같이 말해주자. "네가 숲 속에서 걷고 있다. 숲 속으로 더 깊이 걸어 갈수록 긴장이 점점 더 풀린다. 거기에는 선선한 산들바람이 있고, 너는 소나무 잎의 냄새를 맡을 수 있고, 걸음을 옮길 때마다 낙엽 밟히는 소리를 들을 수 있단다. 걸어가면서 땅의 잎들이 가볍게 소리를 낸다. 잠시 후에, 목적지인 호수에 도착한다. 너와 아빠는 호수에 낚싯대를 드리운다. 그리고 의자에 앉아서 호수에서 밀려오는 물결을 바라본다. 해는 지고 어둠이 내려온다. 호수는 너무 조용하고, 너는 물 속에서 헤엄치는 물고기 소리를 듣는다."

이렇게 하면 긴장이 풀리고, 쉽게 잠 속으로 밀려 들어갈 것이다.

목욕

어른들은 따끈따끈하고 비누거품이 꽉 차 있고 촛불이 켜져 있는 욕실에서 곤두선 신경을 진정시키고 신체의 피로를 풀곤 한다. 아동들에게도 이와 비슷한 욕실이 필요하다. 자녀의 욕실에는 비누거품, 조용한 음악, 은은한 램프가 있으면 좋다. 은은한 불빛 속에서 감미로운 음악을 듣는 동안 자녀로 하여금 거품 속에서 움직이지 않고 편안히 누워 있으라고 한다.

산책

나는 13살 때 매우 화가 나서, 다시는 돌아오지 않겠다고 결심하고 집 밖으로 나간 적이 있다. 아름다운 여름날이어서 기분 좋은 시골길을 계속 걸어갔다. 점차 고요함과 아름다움이 나를 달래 주었다. 몇 시간 후에 나는 후회하고 거의 마음이 누그러져서 돌아왔다. 그때 이후로 나는 화가 나면 이런 방식을 사용한다. 이것은 최고의 치료방법이다.

10장 · 도덕인식은 책임감을 가져다 준다

어느 날, 우수는 울면서 유치원을 다녀왔다. 친구인 홍수가 운동장에 그를 밀어 넘어뜨렸기 때문이란다. 우수의 부모는 홍수의 행동을 고쳐야 한다고 생각하고서 세 가지의 방법을 떠올렸다. 한 방법은 우수로 하여금 친구에게 보복을 하도록 가르치는 것이고, 또 다른 방법은 자기를 방어하도록 가르치는 것이고, 마지막으로는 그냥 대수롭지 않게 지나치는 것이다.

우수의 부모는 우리는 마지막 방법을 택하였다. 그러나 그 다음 날 저녁 식사 시간에 홍수가 우수를 또 운동장에 넘어뜨리고 그의 얼굴에 침을 뱉었다고 말했다. 홍수는 우수를 괴롭힐 뿐만 아니라 도덕적으로 부패시키고 있었다.

우수의 부모는 이 상황을 전화위복(轉禍爲福)의 기회로 삼기로 하였다. 즉 우수에게 인내와 도덕성을 가르치면서 우수의 딜레마를 해결하고자 하였다. 우수의 부모는 참을 수 없는 성질은 부도덕적 행위의 뿌리가 된다고 믿었다. 그래서 우수에게 높은 도덕 수준을 견지하고 홍수에게 관대하게 대하라고 말하였다. 홍수는 힘있어 보이기 위하여 다른 사람들에게 시비를 거는 겁 많은 소년일 것이라고 우수에게 말하였다. 홍수의 공격적 행동을 무시함으로써 그의 힘을 격하시킬 수 있을 것이라고 말하였다. 그래서 우수에게 홍수의 공격적인 행동에 반응하지 않는 신비스런 힘을 주었다.

그 다음 날, 우수는 홍수가 운동장에서 자기에게 접근해 오는 것을 보고 그를 피해 버렸다. 또 다음 날, 우수는 교실에서 홍수와 눈이 마주치자 그 눈길을 외면하였다. 홍수는 우수를 더 이상 괴롭히지 않았다. 그 다음 주에, 우수는 홍수에게 친하게 지내자고 제의하였다. 우수의 작전은 대성공이었다. 그 후에 유치원에서 학부모 교실이 개최되었을 때 홍수의 엄마가 우수의 부모는 찾아와서 홍수의 가장 친한 친구는 우수라고 하였다.

부모들은 좋은 결과를 얻을 수 있는 의사결정의 방법들을 자녀들에게 가르쳐야 한다. 우수의 부모는 아들에게 여러 가지를 가르쳐 줄 수 있었을 것이다. 즉 맞붙어서 싸우는 것, 자기 주장을 고집하는 것, 불평을 하지 않는 것, 선생님에게 말하는 것, 그 친구를 노려보는 것 등. 그러나 우수의 부모의 도덕률과 그 도덕률을 자녀에게 물려주고 싶은 마음 때문에 이 방법들은 그들에게 아무런 의미가 없었다.

아동들이 하는 의사결정은 그들 자신에게 의미가 통해야 한다. 부모, 가족, 교사, 목사, 이웃 등으로부터 보고 듣고 배운 가치와 신념으로부터 도덕관념이 생긴다. 우수의 부모는 그 문제를 학습의 기회로 생각하고 그것을 가르치기로 마음먹었다. 그들은 골목대장의 행동을 이해하는 방법을 알려 주었고 행동 방법을 가르쳐 주었고 신비한 힘을 주었다. 그들은 우수의 감수성에 적합한 반응 방법을 선택했다. 그래서 도덕적으로 용기 있고, 정정당당하고, 인내심을 갖고, 혼자의 힘으로 문제를 해결하는 것을 가르쳐 준 것이다.

도덕 의식

모든 사람들은 자신들에 대해서 좋은 감정을 갖고 싶어한다. 그러기 위해서는 그들은 그들이 좋고 올바르고 긍정적인 결과를 얻는 방식으로 행동하는 일을 하고 있다는 사실을 알 필요가 있다. 도덕 인식은 아동이 이것을 하는 데 도와주는 지식, 감정, 판단이다. 이 요소들은 함께 작용하여 아동에게 도덕적 딜레마가 있다는 것을 알려주고, 그가 배운 가치체계와 행동률에 배치되는 문제를 정확하게 이해하고 판단하도록 도와준다.

두 아동이 학교에서 집으로 돌아오면서 한 아동이 다른 아동에게 말했다. "이 길로 건너가자. 횡단보도로 가는 것보다 더 빨라." 이 제안을 받은 아동의 경고 시스템은 작동하기 시작할 것이다. 이 시스템이 적절하게 발달되었다면 그는 뭔가 이상하다는 느낌을 갖게 될 것이다. 그의 이성은 자신에게 다음과 같은 질문을 제기할 것이다. 무단횡단을 해도 될까? 무단 횡단하는 것은 규칙을 어기는 것인데… 그럼 모든 사람들이 횡단보도로 건널까? 아동은 이 질문에 대답하기 위해서 그리고 어떻게 행동할 것인가를 결심하기 위해서 자신의 도덕 지식에 의존할 것이다.

지식뱅크를 채우는 자료들의 원천과 형태는 다양하다. 예를 들면 부모의 가정교육, 사회의 규칙, 목회자, 선생님, 이웃들의 가르침 등이 있다. 이러한 가르침은 가정, 학교, 교회, 텔레비전, 비디오게임 등을 통해서 이루어질 수 있다. 억지로 받아들여지거나 사탕발림으로 받아들여진 도덕 지식은 아동들에게 별 의미가 없다. 도덕적 행동을 할 수 있기 위해서 아동은 도덕적으로 이해력이 있어야 한다. 그러기 위해서 도덕교육은 경험과 감정이 통합되어야 한다.

아동은 사건 또는 상황과 결합된 감정을 확인할 필요가 있다. 예를 들면 친절, 공정, 정의, 정직, 의무, 긍지 등이다. 이러한 감정들은 자신을 좋아하지 않을 수 없게 하는 것들이며 자신에 대해서 좋은 감정을 갖도록 한다. 그리고 이러한 방법들로 다시 행동하도록 하게 한다. 감정들을 경험함으로써 도덕과 가치는 의미가 있는 것이다. 거짓말을 하는 것은 나쁘다고 배운 아동은 거짓말을 하고 나서 두려움과 불안감을 갖는다. 자녀들에게 도덕 의식을 가르치고자 하는 부모들은 우수의 부모처럼 실제상황을 활용하여야 한다.

독자적인 생각

도덕 의식은 부정적 요인과 압력에 관계없이 좋은 의사결정을 하고 생각을 형성할 수 있는 능력을 부여한다. 자신 앞에 놓여 있는 선택들에 관한 검토와 각각의 선택에 따른 결과들을 자신의 도덕 의식과 결합할 때 독자적인 생각이 생긴다. 아동은 자신의 독자적인 견해 또는 의사를 형성하기 위해서 각각의 선택과 그의 결과들을 비교, 검토해야 한다. 이렇게 함으로써 아동은 자신의 결정에 자신감을 느낄 것이고 역경에 처해도 계속 자신감을 갖게 될 것이다.

스스로 생각하는 기술은 건전한 인격과 감성지능의 발달에 중요하다. 그것은 아동들이 자기 존중감을 계발하고, 문제 해결 방법을 배우며, 자신의 운명을 책임지게 한다. 또한 불의에 맞서고, 약물과 알코올 거부하는 데 꼭 필요하다. 아동들은 도덕적이고 양심적인 사고는 포옹, 상, 용돈 등의 가시적인 효과와 긍정적 감정, 칭찬과 자기존중감 등의 불가시적 효과를 발휘한다는 사실을 알아야 한다.

책임감과 자기훈련

책임감은 부모의 처벌 또는 분노가 두려워서가 아니라 감성지능의 명령 때문에 목표를 추구하고 약속을 지키도록 하는 내적인 힘이다. 자기훈련은 마음의 보물이다. 일단 훈련되면 그것은 평생동안 변하지 않는다. 자기훈련은 매사를 원활하게 한다. 자기훈련을 하는 사람은 실현 가능한 목표를 설정한다. 자기훈련은 사고, 감정, 행동의 조화로운 작용이라고 할 수 있다.

EQ 발달을 위한 지침

감수성-도덕 의식, 독자적 사고, 책임감, 자기 훈련에 대한 지침을 알아보자.

◀ 단계 Ⅰ 유아기: 출생~24개월 ▶

생후 12개월 이전에는 도덕 의식, 독자적 사고, 책임감, 자기 훈련 등의 징후가 나타나지 않는다. 12개월 내지 18개월의 유아는 도덕적이지도 않고 부도덕적이지도 않다. 왜냐하면 유아는 어떠한 가치 체계도 어떠한 양심의 관념도 획득하지 않았고 본능적 욕구와 욕망에 따라서 행동하기 때문이다. 18개월 내지 24개월의 유아는 스스로 의사 결정을 하기 시작하고 상벌에 따라서 자신의 행동을 통제하기 시작한다.

이 시기의 유아는 자기 훈련과 자기 주도적 책임감에 관한 징후를 보이지 않는다.

◀ 단계 Ⅱ 아동 초기: 2세~6세 ▶

2세 내지 4세의 아동은 적절한 행동과 부적절한 행동의 차이를 알고, 다른 사람들의 인정을 받기 위하여 규칙을 따르고, 행동의 옳고 그름을 행동의 동기보다는 행동의 결과에 따라서 판단하며, 전에 저지른 똑같은 잘못과 비행을 거듭 행동한다.

2세 내지 4세의 아동은 자신의 행동을 분석하지 못하며, 한 상황에서 배운 내용을 다른 상황에서 일반화시키지 못하고, 자신의 행동을 추상적인 옳고 그름의 원리에 따라서 이해하거나 설명하지 못한다.

4세 내지 6세의 아동은 보상을 바라면서 사회 규칙과 기대를 받아들인다(예를 들어 줄을 서서 차례를 기다리는 것, 거짓말하지 않는 것). 과제와 책임을 완성하도록 하기 위해서는 잦은 외부의 주의 촉구를 필요로 하며, 추상적인 정사(正邪)의 개념을 이해하고 적용하기 시작한다.

이 시기의 아동은 자신의 것이 아닌 다른 사람의 물건을 갖고 싶은 욕망이나 유혹을 떨쳐버리지 못하고, 새로운 지식이나 원리들을 부모나 교사의 주의 촉구 없이는 적용하지 못한다.

◀ 단계 Ⅲ 아동 후기: 6세~11세 ▶

이 시기의 아동은 아동 초기의 행동을 지배했던 경직되고 협소한 도덕 개념들을 조정하고 확장한다. 옳고 그름의 판단은 상대적이라는 것을 안다. 즉 도덕을 위반하게 되는 상황을 고려한다. 예를 들어, 깡패의 폭력으로부터 친구를 보호하기 위한 거짓말과 선생님에게 숙제를 하지 못한 것에 대한 거짓말은 다르다는 사실을 안다. 동료집단의 표준에 적합하도록 자신의 도덕률을 수정한다.

이 시기의 아동은 새로이 획득한 지식들과 깊이 느낀 원리들을 일관성 있게 적용하지 못한다.

◀ 단계 Ⅳ 청소년 초기: 11세~15세 ▶

청소년들은 부모, 교사 또는 동료들이 전하는 도덕률을 흔쾌히 받아들인다. 자신들의 견해와 신념을 계발하고 공표하는 열정을 보이며 부모의 견해와 신념(예를 들면 종교, 정치, 성의 문제에 대하여)에 종종 반대한다. 어떻게 행동할 것인가, 어떤 친구를 사귈 것인가, 여유시간을 어떻게 보낼 것인가와 같은 의사 결정에 도덕 가치들을 결합시킨다. 독자적으로 과제와 프로젝트를 이행한다. 가정과 학교에 대하여 보다 높은 책임감을 나타낸다.

청소년들은 이러한 새로운 통찰들을 자신들의 행동에 자발적으로 적용하지는 않는다.

자문 자답

• 자녀가 부정직, 비열한 행동, 속임수, 술책을 이용하여 자신의 욕구와 욕망을 충족시키는가?
— 그는 당면한 만족에 초점을 맞추고 장기적 결과를 알지 못하는 것 같다.

• 자녀가 결심을 하지 못하고 의견을 제시하지 못하며 좋고 나쁨을 표현하지 못하는가?
— 그는 다른 사람들의 행동, 의상, 말투, 태도를 모방한다.

• 자녀가 간단한 일을 완성하는 데도 끊임없는 주의 촉구를 필요로 하는가?
— 그는 여러 차례에 걸쳐 주의를 촉구 받고 나서 양치질을 하거나 자기 방을 청소하거나 계획을 실천한다.

• 자녀가 종종 곤경에 처하고도 그 곤경의 원인을 모르는가?

— 그는 그의 생각과 결정이 그를 어떻게 곤경에 빠뜨리는
지를 이해하지 못하는 것 같다.

• 자녀가 옳고 그름, 좋고 나쁨을 혼동하는가?

— 그는 옳고 좋은 것을 추구하려 하지만 그럼에도 불구하고
혼란을 겪는 것 같다.

• 자녀가 도덕 의식과 사고 능력은 신체적 성장과 지적 성숙
에 보조를 맞추지 못하고 고정 불변하는가?

— 그는 연령의 기대에 따른 도덕적 사고를 갖고 있지 않
은 것처럼 보인다.

감수성을 형성시키는 방법

• 자녀의 감수성을 계발하기 위해서, 부모의 가치관, 신념, 습
관 등을 정리하여 목록을 만든다. 자녀를 도덕적인 인간으로 기
르고자 마음먹을 때가 부모의 가치관, 신념, 습관을 평가해 볼
수 있는 가장 좋은 기회이다.

• 도덕은 연령에 따라 점차적으로 발달한다. 어떤 사소한 사
건이나 문제에 집착하기보다는 오히려 행동경향을 분석하고 찾
아보는 것이 좋다. 부모 자신과 자녀에게 짜증을 내지 말고 편
견을 갖지 말 것이며 현실을 직시하라.

• 다른 사람들에 비하여 자녀의 독자적인 사고가 뒤처진다면

부모만큼이나 자녀도 불안감과 좌절감을 느낄 것이다. 자녀가 스스로 자제심 또는 이해력이 없다고 느끼는 것은 심각한 일이다. 단순하고 해결할 수 있는 것, 이미 능력을 발휘했던 영역에 초점을 맞추어야 한다.

• 일방적으로 명령하지 말고 자녀에게 부모의 의견들을 선택할 기회를 준다. 의견들을 간략히 제시하고 그 결과들을 예측하라. 자녀에게 의사결정의 기회를 줄 때 부모로서의 권리를 포기해서는 안 된다.

• 자녀에게 의사결정의 기회가 별로 주어지지 않는다는 사실에 대해서 부모 자신들도 놀란다. 자녀의 나이에 상관없이 자녀들이 마음놓고 의사를 결정할 수 있도록 기회를 줄 수 있는 방법은 얼마든지 있다.

• 물론 자녀에게 독립성을 형성할 기회를 주기 위해서는 부모의 인내가 필요할 것이다. 만사가 뜻대로 신속하고도 효과적으로 이루어지지는 않는다. 그러나 이것은 자녀를 독립적으로 사람으로 키운다는 것에 비추어 보면 사소한 것이다.

• 격려는 자녀가 성장하는 데 크게 도움이 될 것이다. 자녀가 성장하는 모습을 보이면 자녀를 격려하라. 자녀는 자신의 노력에 대해서 기분 좋아할 것이다.

도덕의식을 가르치는 활동들

도덕 십계명

가정의 신념뿐만 아니라 자녀 자신의 신념을 나타내는 도덕 십계명을 자녀로 하여금 지키도록 한다. 자녀가 도덕 십계명을 만들도록 도와준다. 이 도덕률을 자녀의 침실에 붙여 놓거나 장식액자에 넣어 걸어 놓는다.

천사와 악마

도덕적 딜레마에 부딪힐 때마다 우리의 한쪽 어깨에는 미소 짓고 있는 천사가, 다른 한쪽 어깨에는 오만상을 찌푸린 악마가 앉아 있는 경우를 상상해 볼 수 있다. 천사는 천사의 입장에서 악마는 악마의 입장에서 주인이 해야 할 일에 대해서 강변하고 있다. "한 친구가 너에게 가게에서 돈을 주지 말고 사탕을 훔쳐 오라고 한다. 너는 어떻게 하겠니?"와 같은 딜레마를 자녀에게 제시할 수 있다. 악마는 "그 친구는 주인님이 가장 좋아하는 친구입니다. 주인님이 사탕을 가져오지 않는다면 그 친구는 주인님과 놀려고 하지 않을 것입니다."라고 징그러운 목소리로 속삭일 것이다. 천사는 예쁜 목소리로 "그것은 도둑질입니다. 주인님은 그것이 나쁘다는 것을 알고 있잖습니까?"라고 말할 것이다. 악마는 또 다시 "저 녀석의 말을 듣지 마세요. 그 상점에는 사탕이 많이 있습니다. 사탕이 하나 없어진다고 해서 어느 누구도 알아보지 못할 것입니다."라고 말할 때 자녀는 내면의 갈등에 귀를 기울일 것이다. 최종 선택이 바람직할 수도 있고 그렇지 않을 수도 있다.

올바른 길, 그릇된 길

종이에 두 개의 길을 그리고 위쪽 길에는 "올바른 길"이라고 쓰고 아래쪽 길에는 "그릇된 길"이라고 쓴다. 올바른 길에는 "정직하기", "이웃 사랑하기", "생각하고 행동하기", "항상 최선을 다하기"와 같은 올바른 말로 포장하고, 그릇된 길에는 "거짓말하기", "자신만을 사랑하기", "고통 분담을 피하기"와 같은 바람직하지 못한 말로 포장한다. 이것을 벽에 붙이고 자녀가 도덕적 결정을 해야 할 때마다 이것을 참고하도록 한다.

동전의 양면

우리가 자녀에게 도덕을 가르칠 때 훌륭한 도덕적 행위를 강조하지만 바람직하지 않은 행위는 언급하지 않는 경향이 있다. 그러나 자녀가 도덕적 딜레마의 진의를 완전히 파악하기 위해서는 양면을 똑같이 살펴볼 필요가 있다. 자녀가 경험했거나, 부모가 경험했거나, 또는 자녀가 경험하게 될 도덕적 딜레마 상황들을 각 장의 카드에 쓴다. 자녀로 하여금 도덕적 딜레마의 카드를 뽑도록 한 다음에 동전을 던지도록 한다. 동전의 앞면이 나오면 딜레마를 도덕적으로 해결할 수 있는 방법들을 제시해 보도록 한다. 동전의 뒷면이 나오면 딜레마를 비열하고 부도덕적으로 해결하는 방법들을 제시해 보도록 한다.

도덕적 딜레마

아래와 같이 다양한 도덕적 딜레마를 설정하여 자녀에게 제시해 보자. 자녀의 도덕 발달 수준을 알아볼 수 있을 것이다.

• 롤러스케이트를 사기 위해서 여름방학 동안 네가 용돈을 저축하였다. 여름방학이 거의 끝나가지만 아직도 만원이 모자란

다. 마침 네가 길에서 만원이 든 지갑을 주웠다. 그 지갑을 네가
갖겠니? 아니면 주인에게 돌려주겠니?

· 네가 문구점에서 우편 엽서를 한 장을 사 가지고 집에 돌
아와 보니 그 엽서에 또 다른 엽서 한 장이 붙어 있었다. 카드
값을 지불할 때 이러한 사실을 너도 주인도 몰랐다. 나머지 카
드를 주인에게 돌려주겠니? 아니면 네가 갖겠니?

· 네가 수학 시험 문제를 풀고 있을 때 옆자리에 앉아 있는
가장 친한 친구가 정답을 알려 달란다. 네가 알려 주지 않으면
그 친구는 너에게 화를 낼지도 모르는데 너는 어떻게 할래?

· 이웃집 사람들이 유원지로 놀러가는데 같이 놀러가자고 너
를 초대하였다. 그런데 놀러 가기 바로 전날 밤에 할머니가 편
찮으시다는 전화가 왔다. 가족들은 다음날 할머니 병문안을 가
려고 한다. 유원지로 놀러 가겠니? 아니면 할머니 병문안을 가
겠니?

· 학급 친구가 발을 다쳐서 목발을 짚고 다닌다. 그 아이는
매우 수줍어 말이 없다. 노는시간에 미끄럼을 타기 위하여 미끄
럼틀로 달려가고 있을 때 친구가 혼자 앉아 있는 것을 보았다.
그럴 때 너는 미끄럼을 타러 가겠니 아니면 친구와 함께 할 수
있는 무엇인가를 찾아보겠니?

진리를 말하리라

자녀로 하여금 왼손을 들게 하고 오른손을 심장에 갖다 대도
록 한다. 당신을 따라서 "진리를 말하리라. 하늘을 우러러 땅을
굽어 한 점 부끄럼 없이 진리를 말하리라."라고 말하도록 한다.

자녀가 거짓말을 하면 마음이 불편하므로 진실을 말할 것이고, 거짓말에 대해 솔직해질 것이다.

책임감을 가르치는 활동들

자녀가 바람직한 행동을 하였을 때 보상을 하여야 하는가? 이 질문에 대한 대답에는 찬반양론이 있다. 찬성론쪽에서는 아동들에게 보상을 줌으로써 아동들이 즉각적으로 성취감을 갖게 되고 자기가치를 확인할 수 있기 때문에 보상은 동기를 유발하는 수단이라고 주장한다. 반대론자들은 보상이 개인 스스로 느끼는 만족감을 박탈하기 때문에 내적 보상은 내적 창조 틀의 형성을 방해한다고 주장한다. 이들은 보상을 마약으로 본다. 마약중독자가 마약성분이 떨어지면 마약을 찾듯이 보상에 중독되면 보상을 얻기 위하여 선행을 할 뿐이다. 따라서 보상은 아동의 인생을 파멸에 이르게 할 것이라는 주장이다.

그러나 어느 한 쪽에만 치우칠 게 아니라 절충적 입장을 생각해 볼 필요가 있다. 사람들은 외적 동기와 내적 동기의 조화에 의해 활동한다. 사람들은 가치를 느끼고 목표(내적 동기)를 달성하기 위하여 일할 뿐만 아니라 돈(외적 동기)을 벌기 위해서도 활동한다. 비슷하게, 사람들은 쾌감(내적 동기)을 느끼기 위해서 뿐만 아니라 예쁘게(외적 동기) 보이기 위하여 운동을 한다. 때때로 사람들에게는 일과 연합된 이익, 즉 보상이 필요하다. 실제적으로는 마음이 끌리지 않는 그 무엇인가를 하고자 하는 동기는 내부 세계(내적 보상)가 아닌 이익(외적 보상)으로부터 생긴다. 예를 들어, 허드렛일은 일반적으로 재미없다. 그러나 약간의 보상과 격려로 인하여 기분이 좋아지고 일을 잘 해냈다는 자부심을 갖게 된다. 허드렛일을 마쳤을 때 아동이 느끼는 만족은 외부 보상보다도 자녀에게 더 오랜 동안 동기를 부여한다. 결국 자녀는 외적 동기(보상)로부터 내적 보상(자기존중감과 자신감 증대)으로 발달할 것이다.

삼색 스티커 놀이

대개 부모들은 자녀들에게 어떤 내용으로 얼마나 의무와 책임을 부여해야 할지 잘 모른다. 그래서 부모들은 일관적이지 않을 때가 많다. 어떤 날은 자녀에게 허락한 사항을 다음 날에는 금지하곤 한다. 부모들은 자녀들의 독립성의 발달에 따라 점차적으로 자녀들에게 책임감을 가르쳐야 한다. 자녀의 의무를 다음과 같이 분류해 본다. 자녀가 혼자의 힘으로 할 수 있는 사항들(예를 들면 양치질하는 것, 식사시간에 맞춰 일어나는 것 등), 자녀가 허락을 받아야 할 사항들 (예를 들면 친구를 만나러 외출하는 것, 성인용 TV쇼를 시청하는 것 등), 부모가 금지하는 사항들(예를 들면 금고를 여는 것, 승용차를 운전하는 것 등)로 분류한다.

자녀가 마음대로 사용해도 좋은 물건들에는 파란 스티커를 붙이고, 자녀가 부모의 허락을 받은 후에 사용해야 하는 물건들에는 노란 스티커를 붙이며, 자녀가 절대로 만져서는 안 되는 물건들에는 빨간 스티커를 붙인다.

예를 들어, 일곱 살인 자녀는 자신의 옷을 골라 입고, 냉장고 속에 있는 과일을 먹을 수 있고, 장난감을 가지고 놀 수 있기 때문에 자녀의 옷장, 냉장고, 장난감 바구니에 파란 스티커를 붙인다. 그러나 텔레비전을 켜는 것, 과자를 먹는 것, 자전거를 타는 것, 전화기를 사용하는 것에는 부모의 허락이 필요할 것이다. 이러한 물품에는 노란 스티커를 붙여야 할 것이다. 전기 난로, 세탁기, 전열기 등에는 빨간 스티커를 붙인다.

칭찬 선물

잡지에 선전되어 있거나 슈퍼에서 광고되고 있는 물품사진들을 수집하고 그 사진 옆에 물건의 가격에 따라 차등을 두어 점수를 부여한다. 물건의 가격이 싸면 낮은 점수를 부여하고 물건의 가격이 비싸면 높은 점수를 부여한다. 그리고 자녀가 점수를 획득할 수 있는 활동들과 자녀가 행사할 수 있는 권리들을 기입한다. 일종의 의무와 보상을 대차대조표처럼 만든 카탈로그이다. 예를 들어, 자녀가 해야 할 일이 자신의 방을 청결하게 하는 것이라면 그 자녀가 방을 청결하게 하는 날마다 일정한 점수를 부여한다. 주말에 점수를 합산하고 그 점수에 해당하는 물건을 자녀로 하여금 선택하도록 한다. 일단 자녀가 자신의 점수를 사용했으면 그 점수는 소진되는 것이기 때문에 카탈로그에 있는 물건을 갖고 싶을 때는 점수를 다시 획득해야 한다. 카탈로그를 만들 때는 싼 물건(10점을 받으면 아이스크림)뿐만 아니라 비싼 물건(1000점을 받으면 운동화)도 포함시킨다. 부모와 자녀가 획득한 점수와 소비한 점수를 알 수 있도록 카탈로그의 뒷면에 대차대조표를 만든다.

애완 동물

자기 자신을 잘 돌보지 않는 자녀들에게 자신을 돌보도록 동기를 부여하는 방법으로는 애완 동물을 보호하도록 하는 것이 안성맞춤이다. 자녀로 하여금 애완 동물에게 먹이를 주고 손질해 주고 애완 동물의 보금자리를 청소하도록 하는 것은 자신의 임무를 완수하도록 하고 기대에 부응하도록 하는 것을 가르치는 방법이다.

자녀의 능력을 고려하여 애완 동물을 선택해야 한다. 다섯 살의 자녀는 말을 고르려고 할지 모르지만 능력으로 미루어 볼 때 금붕어가 더 적당할 것이다. 애완 동물을 살 때 기르는 방법을 충분히 익힌 다음 애완 동물을 집으로 가져온다. 애완 동물 보호는 책임감의 중요성을 가르치기 위한 시행착오의 과정임을 명심해야 한다. 자녀가 능란하게 애완 동물을 보호하게 되었을 때 자녀는 더 자립심을 갖게 될 것이다.

11장 · 지혜는 문제해결의 열쇠다

문제 해결과 갈등 해결

의사 결정 과정이 부모의 지시와 사회의 규칙을 따라야 하는 개념(동조성)이라면 문제 해결 과정은 새로운 아이디어와 패러 다임을 형성하기 위해서 모든 규칙을 때로는 파괴해야 한다는 개념(비동조성)이다. 아동들이 부딪히는 문제들은 사람들 간의 갈등이다. 아동들이 이러한 문제들을 헤쳐나가기 위해서는 그들에게는 이러한 상황들을 다루고 해결 방식을 찾는 효과적인 방법들이 필요하다. 아동들은 갈등을 해결하기 위해서 논리적인 순서대로 일정한 조치를 취해야 한다. 갈등이 확대되는 것을 막고, 일단 화해를 하고, 마음을 진정시키기 위해서 문제와 충분한 거리를 유지하고, 문제를 정확히 파악해야 한다. 일단 이러한 조치를 취했다면 그 아동은 해결방법을 탐구하는 데 필요로 하는 시간과 공간을 확보할 수 있다.

　아동들이 문제와 갈등을 해결하는 방법을 배우기 위해서는 문제를 정확히 분석하는 능력과 그 문제에 초점을 맞춰 아이디어를 창출하는 능력을 갖고 있어야 한다. 우리는 순진무구한 신생아 또는 유아의 행동에서 많은 문제 해결 방법을 배울 수 있다. 예를 들어, 6개월 된 유아는 상자 안에 있는 딸랑이를 끄집어내기 위해서 자신의 모든 지혜를 동원한다. 딸랑이를 집기 위해서 기어가고, 상자를 흔들어 보고, 상자를 입으로 빨기도 하고, 소리를 지르거나 울어서 좌절을 알리거나 도움을 청하기도 한다. 이와 같은 방법을 시도해 본 다음 유아는 목표를 달성하거나 힘을 다할 때까지 새로운 아이디어를 찾는다. 유아는 기본적 충동 욕구를 따르고 있다. 연령이 다르다고 해서 문제 해결 전략들이 다르지는 않다. 기본 공식은 다음과 같다.

- 문제와 목표를 인식한다.
- 그 상황 또는 유사한 상황에 관련 사항들을 조사한다.
- 문제 해결과 목표 도달에 유용한 기술과 지혜를 개발한다.
- 의사를 결정하고 행동으로 실천한다.
- 자신의 노력과 해결 방법을 평가한다.

　이러한 기술들을 얼마나 쉽게 그리고 직관적으로 배우느냐는 기질과 성격에 달려있다. 어떤 아동들은 창의적 문제 해결과 갈등 해결 방법을 신비스러울 정도로 잘 배우는 반면에 다른 아동들은 모험과 실수가 인정되는 신뢰있는 개방적인 환경 속에서 시행착오를 거쳐 단계적으로 배워야 한다.

창의성

문제 해결가의 관점에서 인생과 인생 문제를 보면 기회의 문이 열릴 것이다. 자신의 문제 해결 능력에 대하여 통찰과 신념을 갖고 있는 새로운 도전을 감행한다. 그가 갖고 있는 능력은 상상하는 능력, 발명하는 능력, 새로운 아이디어를 만드는 능력, 즉 창의성이다.

불행히도 창의성은 최근까지도 교육 과정의 입안자들로부터 주목과 지지를 받지 못하였다. 문제는 창의성을 수량화 또는 점수화를 하기가 어렵다는 것이고, 옳고 그름(正邪) 또는 선악(善惡)과 같은 양극 형태로 존재하지 않는다는 것이며, 무엇을 생각하느냐보다는 어떻게 생각하느냐에 관련되기 때문이다. 창의성이 없다면, 갈등을 해결하고 문제를 해결하려는 노력은 효과가 없으며 좌절감을 불러일으킬 것이다.

자기 보존과 위기 관리

자기 보존과 위기 관리는 아동들이 성장하는 과정에서 직면하는 위험들을 헤쳐나가기 위해서 가져야 할 기술들이다. 이 기술들은 창의적 문제 해결의 핵심이다. 뿐만 아니라 이 기술들은 잠재력, 자존심, 도덕성, 의사 결정, 직관에 달려있다. 아동 유괴, 성폭력, 비상 사태, 집단폭력, 약물과 숫자의 남용, 자연 재해는 아동들의 신체적 안전과 마음의 평화를 위협한다. 그러므로 약물과 유괴로부터 자신을 보호하고, 길을 잃었거나 응급구호가 필요할 때 도움을 요청하며, 술과 약물 남용의 문제를 이해하고, 자연 재해와 화재가 발생했을 때 대처하는 방법을 아동에게 당연히 준비시켜야 한다.

그러나 부모들은 본능적으로 이러한 위험 요소들을 자녀들에게 차단시킴으로써 자녀들을 보호하려고 한다. 부모와 교사들은 그들의 자녀와 학생들에게 이와 같이 불쾌한 주제들을 소개하려고 하지 않는다. 왜냐하면 이러한 주제들이 그들을 더욱 기분 나쁘게 할 수 있고 그들의 공포를 강화시킬 수 있으며 그들에게 절망감과 공포심을 줄 수도 있다는 걱정 때문이다. 어른 자신들도 사회 폭력의 증가에 공포를 느끼고 있다. 결과적으로 아동들은 이러한 위험 요소들에 대하여 무방비 상태에 있고 배운 경험이 없기 때문에 위기 상황을 잘못 판단하거나 위험에 직면할 때 공포로 옴짝달싹 못할 것이다. 따라서 아동들에게 위험 요소뿐만 아니라 이에 대처할 수 있는 기술들을 가르쳐야 한다.

많은 부모들은 그들의 자녀들이 위험 내용들을 텔레비전(뉴스, 드라마, 아동프로그램), 친구들과의 대화, 친지와 친척(할아버지, 할머니, 삼촌), 부모 자신들(귀동냥, 눈치)을 통하여 알게 되었다고 생각하며 민감한 문제들로부터는 자녀들이 차단되었다고 상상한다. 그러나 손바닥으로 해를 가리는 격이다. 자녀들을 위험 요소에서 차단시키는 것은 어렵고, 자녀들은 부모들이 알고 있는 것보다 더 많이 알고 있다.

복잡한 문제들을 이해하는 능력은 그들의 나이, 환경, 기질,

그들에게 정보가 설명되어지는 방법에 따라 달라지기 때문에 부모들은 자녀들에게 이 주제들을 표출시키는 데 상당히 주의해야 한다. 더구나 잘못된 정보는 물론 꽤 정확한 정보일지라도 걱정, 근심, 불안을 유발할 수 있다. 방치된 공포는 대부분 불안으로 변화하고 이 불안으로 말미암아 자기를 보존하는 데 무기력해지고 자기를 보존할 수 없다. 불안은 아동의 생활 영역에 문제를 일으킬 수 있다. 즉 불안은 성적, 학습, 주의 집중, 교우 관계 등 학교 생활을 방해할 뿐만 아니라 두통, 위통, 현기증을 일으켜 신체적 건강까지 위협할 수 있다.

그러나 공포는 문제만 되는 것이 아니라 이점이 될 수도 있다. 공포는 부정적 감정으로만 잘못 이해되고 있다. 실제로는 공포는 매우 유용하다. 주저(망설임), 염려(걱정), 조심(경계)과 같은 감정들은 본능이며 학습된 공포의 요소들이다. 아동은 이들을 이용하여 자신에게 절박한 위험을 경고한다. 놀랐을 때 아동의 아드레날린 시스템은 그의 신체적 작용을 변화시키며 육체적 힘을 증강시킨다. 그래서 그 아동은 더 명확하게 생각할 수 있고 더 빨리 뛸 수 있으며 더 크게 소리지를 수 있다. 공포는 일종의 도구이다. 공포는 아동에게 최선의 행동방법을 알려주는 내적 경고 장치이다. 아동이 이 도구의 사용에 익숙해질수록 그의 구명 능력은 더 효과적이고 자동적일 것이다. 위험에 직면한 상황에서 아동은 문제 해결 전략들(분석력과 창의력)을 이용해야 할 것이다. 아동은 위험 상황과 위험 요소들을 직시할 수 있어야 하며, 위협의 본질을 이해해야 하고, 어떤 대처능력이 있고, 어떻게 대처해야 하는가를 알아야 하며 공격 계획을 생각해

내야 한다.

EQ 발달을 위한 지침

문제 해결, 위기관리, 갈등해결, 창의성, 자기보존에 대한 지침을 알아보자.

◀ 단계 Ⅰ 유아기: 출생~24개월 ▶

생후 6개월 내지 24개월 된 유아는 사물이 어떻게 작용하는가(예를 들면 리모콘 버튼을 누르는 것), 사물을 어떻게 결합시키는가(예를 들면 비디오 테잎을 집어넣는 것), 사물들을 어떻게 분리하는가(예를 들면 엄마의 지갑 속에 있는 물건들을 끄집어내는 것) 등을 이해한다. 그리하여 단순한 문제를 해결한다. 본능적 충동으로 자기를 보존한다. 예를 들면 배고프거나 낯선 사람을 보면 운다. 선천적 기질에 따라 갈등, 위기, 위험에 대처한다. 독단적인 아동은 쉽게 흥분하며 자제를 잘 못하고, 소극적인 아동은 위축된 행동과 퇴행적인 행동을 한다.

이 시기의 유아는 실용적인 갈등해결, 위기관리, 자기보존의 능력을 계발하지 못한다.

◀ 단계 Ⅱ 아동 초기: 2세- 6세 ▶

2세 내지 4세의 아동은 반복적으로 행동하고, 모험적인 행동을 하며, 장난놀이에 참여하고, 바람직하지 않은 행동을 하기도 한다(예를 들면 물건을 분리하는 것, 이리저리 돌아다니는 것,

안전수칙을 무시하는 것, 소꿉장난을 하는 것, 성기를 노출하는 것). 이 시기의 아동은 고차원적인 문제 해결을 못하며 자기보존의 개념을 잘 모르고 기본적인 안전규칙만을 알 뿐이다.

4세 내지 6세의 아동은 좋은 사람과 나쁜 사람, 독단과 공격, 타협과 항복, 복종과 자기보존 등에 관련된 복잡한 개념을 이해하기 시작한다. 문제를 인식하고 가정을 설정하며 여러 경우를 고려한다. 실제 활동과 연습할 때 학습을 잘 한다.

이 시기의 아동은 이와 같은 새로운 지식들을 실제상황에 잘 적용하지 못하며, 어른의 길잡이 없이는 가장 안전하거나 가장 적절한 결론에 이르지 못하며 어른의 보호 없이는 자신을 보존하지 못한다.

◀ 단계 Ⅲ 아동 후기: 6세~11세 ▶

이 시기의 아동은 연역적 추리를 할 수 있기 때문에 문제 해결 활동, 퍼즐, 게임을 즐긴다. 상황과 사건을 더 잘 이해하고 판단한다. 부모, 교사, 기타 믿을 수 있는 사람들의 도움을 기꺼이 받아들인다. 친구, 학교, 기타 대외적인 사건에 관련되기도 하고 갈등에 빠지기도 한다. 친구들로부터 창의적으로 생각하는 것보다는 그들로부터 동조(순응)할 것을 강요받는다. 리더십을 발휘하여 지위를 얻는다. 위험한 상황(예를 들면 폭력, 유괴, 약물남용)에 반응하는 능력이 상당히 발달한다.

그러나 부모나 교사가 조건 없이 도와주지 않거나 공정한 모습을 보여주지 않으면 아동은 아무리 중대한 문제에 부딪혀도 부모, 교사에게 도움을 요청하지 않는다. 동조할 것을 강요받을 때는 창의적으로 생각하지 않으며 최선을 다하지 않는다.

◀ 단계 Ⅳ 청소년 초기: 11세~15세 ▶

청소년들은 효과적이고 능숙한 갈등해결 방법과 문제 해결 방법을 알고 있지만 감정이 고조되었을 때는 과거에 효과적이고 능숙한 방법으로 해결한 문제를 유치한 방법으로 해결한다. 점차적으로 책임을 수행하는 능력이 향상된다(예를 들면 동생 돌보기, 혼자 집 보기, 스스로 밥 챙겨 먹기). 과감히 창의적 시도를 감행한다(예를 들면 음악, 의상, 헤어스타일, 문학, 예술).

자신의 문제는 자기의 힘으로 해결하려고 한다. 부모나 교사의 도움을 거절하고 동료의 도움을 받아들인다.

청소년들은 준비와 연습 없이는 고난도의 문제(예를 들면 약물 남용, 학교 폭력)를 자연스럽게 해결하지 못한다.

자문 자답

· 자녀가 문제의 본질을 제대로 파악하지 못하고 문제를 자신의 입장에서 설명하지 못하는가?

— 그는 앞으로 발생할 수 있는 문제에 대처하는 방법을 말하지 못한다.

· 자녀가 어른들이 관심을 보이지 않거나 또는 비싼 장난감이 없으면 잘 놀지 못하는가?

— 그는 "나는 할 일이 없어. 가지고 놀 장난감이 없어. 함

께 놀아요."라고 자주 말한다.

• 자녀가 분명한 것을 제외하고는 자유분방한 대답, 추상적인 숙제, 개별 학습을 제대로 하지 못하고 꽁무니를 빼는가?
  — 그는 자신의 목표 그리고 목표에 도달할 수 있는 방법을 어른들이 제시해 주기를 기대한다.

• 자녀가 흑백논리에 흔히 빠지는가?
  — 그는 양극단 사이에 있는 가능성들을 알지 못하며, 의문을 제기하고 이유를 생각하며 가정을 하려고 하지 않는다. 새로운 방법으로 대답을 찾으려고 하지 않으며 과거의 대답에 집착한다.

• 자녀가 일이 제대로 풀리지 않을 때 쉽게 좌절하거나 비관하는가? 문제 초기부터 포기하는가?
  — 그는 "나는 이것을 할 수 없어. 제대로 안 돼. 모든 게 엉망진창이야" 라고 말한다.

• 자녀가 문제 해결을 외부 자극과 감정에 의존하는가?
  — 그는 "어쩔 수 없었어. 나는 화가 났어. 그 애가 내 속을 뒤집어 놓았기 때문에 다른 어떠한 방법도 생각할 수 없었어."라고 말한다.

• 자녀가 낯선 사람에게 과잉 친절한가?

─ 그는 낯선 사람이 감언이설(甘言利說)로 꾀면 낯선 사람
의 꾐에 넘어 갈 것이다.

• 자녀가 다른 사람들을 기쁘게 해 주고 싶어하거나 다른 사
람들로부터 인정을 받고 싶어하는가?
─ 그는 규칙, 위험, 대가를 고려하지 않고 도움을 청하는
낯선 사람을 돕는다.

• 자녀가 어른들 또는 다른 아동들이 있든 없든 아랑곳하지
않고 놀이를 하는가?
─ 그는 감정을 인식하는 방법, 자신의 내면적 경고(직관)
를 경청하고 반응하는 방법을 모르며 내면적 경고를 무
시한다.

• 자녀가 안전수칙을 무시하거나 잊는가? 자녀가 쉽게 부화
뇌동(附和雷同)하는가?
─ 그가 전화를 한다면 전화 속에는 미주알 고주알로 가득
찰 것이다.

• 자녀가 동료들의 의견과 행동을 따르는가?
─ 그는 자신의 행동 원리와 가치뿐만 아니라 자신이 다른
사람에게 한 약속도 쉽게 파기한다.

• 자녀가 자신의 비밀을 많이 가지고 있는가?

— 그는 자신을 괴롭히는 문제를 밝히려고 하지 않으며 자
신의 느낌을 드러내려고 하지 않는다. 그는 비판에 대해
서 민감하다.

· 자녀가 가상적 상황을 잘 모르는가?
— 그는 "그것이 발생할 때까지 잘 모르겠다."라고 말한다.

· 자녀가 위협을 느낄 때 뒤로 빼는가? 자신의 생각, 의견,
느낌을 제대로 주장하지 못하는가? 반대 의견에 부딪히면 자신
의 원하는 것을 쉽게 포기하는가?
· 자녀가 문제에 부딪히면 얼어붙고 도움을 받지 못하면 좌
절하는가?
· 자녀가 구급 전화번호 119, 화재 안전 수칙, 집 전화번호,
부모의 이름을 모르는가?
· 자녀가 성격이 너무나 내성적이고 수줍어서 필요할 때조차
도 한바탕 소란을 피우지 못하는가 ? 친한 사람 또는 친구들에
게 좀처럼 거절을 하지 못하는가?

· 자녀가 남으로부터 들은 내용을 분석해 보지도 않고 참말
로 받아들이는가?
— 그는 다른 사람들이 말하는 것을 대부분 믿어버린다. 성
폭력자 또는 유괴범죄자들이 이용하는 속임수를 알지
못한다.

지혜와 문제 해결 기술을 닦는 방법

　•자신이 창의적이지 못하다고 해서 자녀도 창의적이지 못할 것이라고 속단하지 말라. 모든 아동들은 창의적으로 생각할 수 있고 창의적인 사람이 될 수 있다.

　•자녀로 하여금 자신의 성취와 업적에 긍지를 갖도록 가르쳐라. 자녀로 하여금 그가 연구과제를 계발하고 완성하기 위하여 취한 수단, 장애물을 극복한 방법, 사용한 창의성을 음미해 보도록 한다. 많은 교사와 부모들은 경쟁과 성적에 사로잡혀서 업적과 산물을 너무나 강조한다. 그래서 그들은 목적에 이르는 수단이나 방법을 무시한다. 기쁨과 경탄을 동반하는 학습, 창의성, 문제 해결은 이와 같이 단순한 방법으로는 가르쳐질 수 없다.

　•자녀가 창의적이기를 원한다면 부모들은 자녀의 아이디어를 비평하지 말고 일방적으로 판단을 내려서는 안되며 고정관념에서 벗어나야 한다.

　•관습, 관례, 규정에서 벗어나야 한다. 책을 뒤쪽에서부터 앞쪽으로 읽을 수도 있으며, 바디 페인팅도 할 수 있는 것이다. 아동들이 창의적인 사람이 되기 위해서는 동물적 본능을 추구할 수 있고, 성적과 비교의 부담에서 벗어날 수 있어야 한다. 또한 아동들은 상상하고 발견할 수 있는 기회를 가져야 한다.

　•무엇을 어떻게 해야 한다는 해결책이나 대답을 알려주는 것보다는 문제나 질문을 제기하여 문제 해결, 갈등해결, 위기관리를 가르쳐야 한다. 아동들은 이것들을 이해하기 좋아하고 이

해한 내용을 오랫 동안 간직한다.

· 실수를 허용한다. 문제 해결과정에서의 시행착오를 허락한다. 지지와 격려를 해주면 자녀는 고무되어 계속 향상되지만 지나칠 정도로 엄격하게 하거나 비난을 하면 자녀는 위축되어 호기심을 발휘할 수도 만족시킬 수도 없다.

· 아동들은 그들 주변에 존재하는 위험들을 알 필요가 있듯이 그들 자신(예를 들면 장단점, 능력의 한계 등)을 알 필요가 있다. 자신을 정확히 알면 과대망상증을 피할 수 있고 동료들의 인정이나 사회적 지위를 얻기 위하여 무모한 행동을 할 필요가 없다.

· 아동들에게 감성지능을 가르친다. 아동들에게 모든 종류의 감정에 익숙해지도록 한다. 감정들을 언어와 느낌으로 식별하고 정의하도록 한다. 감정을 믿고 따르도록 한다.

아동들에게 직감에 대하여 가르친다. 직감(예를 들면 전율, 메스꺼움, 예감 등)은 아동에게 위험이나 위협을 알려주는 뇌의 조기경고 시스템이다.

· 아동들의 자립과 독립을 격려한다. 이 격려는 아동들에게 그들이 전혀 쓸모없는 존재가 아니라는 확신을 준다. 자립은 매우 중요하다. 자립은 자신감, 책임감, 위기 관리 능력을 준다.

· 아동들에게 규칙적으로 안전 수칙을 가르친다. 아동들의 강점과 약점에 따라서, 또한 안전 수칙의 내용에 따라서 안전 수칙을 숙달하는 데 시간이 달리 걸릴 것이다.

문제 해결을 가르치는 활동들

문제 해결 과정은 5단계로 구분할 수 있다

1단계 — 문제를 진술하고 정의한다.

가족 구성원 각자가 아는 대로 문제를 진술한다. 다른 사람들은 조용히 듣는다. 이는 말하는 사람의 의견을 존중하는 것이다. 모든 사람이 문제를 진술했으면 각자의 견해를 모아 가족이 문제를 일치되게 이해하도록 한다. 문제는 명확하게 정의될 것이고 서로 비난할 필요가 없을 것이다.

2단계 — 문제를 어떻게 해결할 것인가?

문제 해결 방법이란 문제를 해결하기 위하여 자신의 기술과 강점을 이용하는 방법이다. 세 가지 과정이 필요하다. 첫째, 과거의 성공 경험을 회상한다. 둘째, 성공하기 위하여 사용한 기술과 강점을 확인한다. 셋째, 새로운 문제를 해결하기 위하여 이 기술과 강점을 어떻게 적용할 것인가를 생각한다.

3단계 — 의견이 일치된 목표를 설정한다.

1단계와 2단계가 결합된 단계이다. 예를 들어, 자녀가 잠자는 데 문제가 있다고 하자. 1단계에서 당신과 자녀는 다음과 같이 문제를 정의한다. "잠자라는 소리를 들은 후 잠드는 데 너무나 시간이 많이 걸린다. 고통스러워서 소리를 지른다." 2단계에서 당신은 이 문제를 해결하는 데 도움이 되는 자녀가 가지고 있는 기술과 강점을 기술한다. 1단계와 2단계를 결합하여 새로운 목표를 창안한다: "잠자라는 소리를 들을 때는 제대로 잠에 들지 못한다. 그는 동작이 재빠르고, 야구감독의 말을 귀기울여 듣고, 시간을 잘 알아 맞춘다. 그의 목표는 정해진 시간에 잠들기 위하여 신속하게 행동하고 귀기울여 듣고 시간을 잘 예측하는 장점을 이용하는 것이다."

4단계 — 새로운 기술을 실행한다.

4단계는 문제 해결의 과정이다. 자녀는 새로운 행동 방법을 실험하고 재미있는 활동들을 이용하여 어려움을 극복한다.

5단계 — 결과를 평가한다.

5단계는 문제 해결의 과정에서 간과되는 단계이다. 목표를 달성하는 과정에서 있었던 성과, 노력 등을 평가한다. 평가는 비난을 하는 것이 아님을 명심해야 한다. 문제 해결에 실패했다는 것은 한 인간이 실패했다는 것을 의미하는 것이 아니라 문제 해결 과정에 또 다른 문제가 있었다는 것을 의미한다. 자녀가 문제를 해결할 수 없었다면 하찮은 성과라도 찾아 보라. 문제를 다시 분석해 보고 사용한 기술들을 다시 평가해보며 달성하려고 했던 목표를 반성해 본다.

새로운 패러다임

가장 흔한 문제 해결 과정의 장애물은 편협한 패러다임이다. 어떤 문제에 휘말리면 다른 각도에서 그 문제를 보기가 어렵다.

자녀가 해결하기 어려운 문제를 선정한다. 문제를 해결하는 데 필요하다고 생각되는 기술들을 말해 본다(예를 들면, 낙관적 관점). 자녀가 알고 있지만 시도해 보지 않은 기술들을 말해 본다(예를 들면, 다른 사람에게 도움을 요청하는 것). 이러한 과정과 훈련을 문제를 보는 새로운 패러다임이 생길 수 있다.

감정 이입(공감)

잡지와 책에서 감정이 격앙된 사람의 그림을 찾는다(예를 들면 큰 소리로 혼나는 장면, 협박당하고 있는 장면). 자녀의 사진을 그 장면의 크기에 맞게 조절해서 잡지 또는 책의 장면에 올려놓는다. 자녀로 하여금 이 어려운 상황에 처하면 어떤 느낌이 들고 어떻게 할 것인가를 물어본다. 또한 슬픔, 공포와 같이 강한 감정을 나타내는 사람의 사진 위에 자녀의 사진을 올려놓고 자녀가 그 사람이라면 어떤 느낌을 갖게 될 것인가를 물어 본다.

싸움의 규칙

싸우려면 정당하게 싸워야 한다. 싸움에는 5가지의 규칙이 있다. 때리지 않는다, 욕을 하지 않는다, 상대방의 말을 경청한다, 침착하게 대응한다, 다른 사람의 감정에 상처를 주지 않고 자신의 감정을 표현한다 등이다.

청와대에서

"나는 커서 대통령이 되고 싶다." 많이 들어 본 것 같지 않은

가? 이 때가 기회이다. 자녀가 국가의 문제, 정치, 대통령의 어려움 등을 이해할 수 있는 좋은 기회이다. 또한 국가가 나가야 할 길을 자녀가 제시할 수 있는 기회이기도 하다. 가상적으로 대통령 집무실을 만들고 대통령처럼 분장을 시킨다. 자녀가 집무를 시작한 다음에 기자 회견을 열고 기자(부모와 형제)로부터 질문을 받도록 한다. 자녀가 알고 있는 국가 문제를 활용한다. 환경, 교육, 건강과 같은 논쟁점을 탐색하여 미리 질문 리스트를 작성한다. 썰렁한 질문을 할 수도 있다. 가장 좋은 자녀의 대답을 발췌하여 대통령에게 보낸다. 아무리 사소한 것일지라도 유용할 것이다.

다시 쓰는 역사

역사는 문제 투성이다. 우리가 과거의 잘못을 바로 잡을 수는 없지만 비판적 눈으로 살펴보면 오늘의 문제를 해결하는 방법을 배울 수 있다. 자녀와 함께 잘못된 역사적 사건을 선정한다(예를 들어 남북 분단, 국권 침탈). 역사적 오류가 달리 해결되었다면 오늘날 국가 또는 세계는 어떻게 달라졌을까를 상상해 본다. 국가 또는 세계의 문제를 이해하는 최선의 방법은 문제의 이면 속에 있는 역사를 살펴보는 것이다. 과거의 잘못을 이해하면 오늘의 행동을 재고하는 데 도움이 된다.

창의성을 향상시키는 활동들

브레인 스토밍

공동 목적을 위해 여러 사람들이 모이면 아이디어, 제안, 질문, 영감, 의견, 문제 해결방법들이 소나기처럼 쏟아질 수 있다. 이러기 위해서는 분위기가 중요하다.

첫째, 생각을 제한하지 않고 어떠한 생각도 받아들이는 자유분방한 분위기가 필요하다. 고착된 사고 과정을 뒤흔들 수 있는 신기한 것, 의외의 것, 모순을 가진 것, 효용성이 없고 현실성이 희박한 것, 우스꽝스럽거나 무리한 것 등과 같은 기상천외의 아이디어들을 모두 수용한다. 참가자는 자유분방한 분위기에서 어떤 아이디어라도 거리낌없이 발표할 수 있어야 한다. 이러한 아이디어들은 또 다른 아이디어를 낳을 수 있다.

둘째, 다른 사람들의 생각을 비판하지 않는 분위기가 필요하다. 아이디어의 산출을 방해하는 비판 또는 판단은 아이디어 산출 단계에서는 마지막까지 유보해야 한다는 것이다. 그 이유는 어떠한 아이디어이든지 그 독자적 가치를 인정하고 수용하게 되면 참가자들이 소속감을 갖게 됨과 동시에 원만한 인간 관계가 형성되어 자유분방한 사고를 허락하는 분위기가 되므로, 아이디어 산출 결과가 매우 생산적으로 될 수 있다고 보기 때문이다.

셋째, 아이디어의 질보다 양을 중시하는 분위기가 필요하다. 비현실적, 피상적, 단편적, 비논리적인 아이디어일지라도 이를 수용하면서 많은 아이디어가 산출되도록 조장한다. 좋은 아이디어를 얻으려고 의식적인 노력을 하게 되면 심리적으로 위축되고 뇌 활동에 부담을 주게 되어 오히려 자유로운 아이디어 산출을 저해하게 된다. 그러나 양적으로 많은 아이디어를 생산해 내거나, 남의 아이디어를 듣는 것은 그만큼 뇌의 활동이 활발해질 수 있게 자극을 주게 되므로 아이디어 생산에 가속화의 이점과 더불어 보다 유용한 아이디어가 나올 가능성이 커지게 된다.

넷째, 아이디어들의 결합과 개선을 허용하는 분위기가 필요하다. 이것을 의사 편승(hitch-hike)이라고도 하는데, 자기 자신의 아이디어를 내놓는 것과 더불어 다른 사람의 아이디어를 외적으로 비판없이 잘 듣고 생각하여 그 내용에서 힌트를 얻어 새로운 아이디어로 결합하고 개선시키는 아이디어의 편승을 의미한다.

아이디어 카드

이것은 문제 해결을 위한 방법이고 아이디어를 산출하는 과정이다. 큰 종이에 가족이 당면한 문제를 쓰고 벽에 붙인다. 가족들에게 카드 10개씩 나누어 주고 그 문제를 해결할 수 있는 아이디어들을 쓰도록 한다. 머리에 떠오르는 어떠한 것이라도 쓰도록 권한다. 모든 아이디어 카드를 붙이고 크게 읽는다. 문제해결에 방향을 제시해 주는 아이디어들을 결정한다.

나도 작가

자녀가 새로운 비디오를 시청하거나 새로운 소설을 읽을 때 중간쯤에서 중단시킨다. 비디오를 끄거나 책을 덮고 스토리가 어떻게 끝날지를 자녀로 하여금 상상해 보도록 한다. 충분한 시간적 여유를 가지고 마지막 과정까지 있을 수 있는 사건들을 탐색해 보도록 한다. 자녀에게 새로운 등장인물, 상황, 문제의식을 설정해 보도록 한다. 처음에는 자녀가 당황할지 몰라도 얼마간 지나면 재미있어 할 것이다. 자녀들은 중간에서 책을 덮거나 비디오를 끄고 그들 나름대로 이야기 줄거리를 완성할 수 있다.

자문자답

부모들은 자녀의 상상력을 촉진시키기 위하여 항상 관심을 가지고 있어야 하며 자녀 스스로가 자유롭게 문제를 해결하도록 권장해야 한다. 예를 들어, 야외에서 놀 때 아동들은 어떤 물건을 발견하고 그것이 무엇인지 물어 볼 수 있다. 직접 대답하기 전에 그들이 무엇으로 생각하는지 역으로 물어 본다. 그것들의 출처가 어디이고, 용도가 무엇일까를 생각해 보도록 한다. 자신들의 상상력을 발휘하여 자신들의 질문에 자신들이 대답하도록 한다.

카드 스토리 만들기

3갑의 카드를 준비한다. 첫 번째 갑은 "허튼 말", 두 번째 갑은 "유혹하는 말", 세 번째 갑은 "참 말"이라고 이름을 붙인다. "허튼 말" 카드의 앞면에 완전히 불합리한 말을 쓴다(예를 들면, 뜨거운 아이스크림, 솜사탕 화장지, 비오는 달, 밝은 밤). "유혹하는 말" 카드의 앞면에 목적과 행동을 결합한 말을 쓴다(예를 들면 시험에 합격하기 위한 공부, 친구를 초대하기 위한 방 청소, 배고픈 강아지에게 먹이주기). "참 말" 카드에는 진리를 쓴다(예를 들면 사과는 나두에서 자란다, 공해는 환경을 파괴한다, 물고기는 물을 필요로 한다.).

세 갑의 카드를 엎어 놓는다. 아동들 이 각각의 갑에서 카드 한 장씩을 집어든다. 각자가 자신의 카드를 보기 전에 그가 이야기 꾸미기를 할 것인가 또는 어떤 물건을 만들 것인가 또는 문제를 해결하는 방법을 제시할 것인가를 결정해야 한다. 문제는 자신의 목표를 충족시키기 위하여 세 가지 말을 결합하는 것이다. 예를 들어 "뜨거운 아이스 크림", "시험 낙제", "물고기는 물을 필요로 한다"라는 카드를 집었고, 이야기를 꾸미기로 했다면, 세 가지 말을 이용하여 이야기를 만들어야 한다. 이러한 활동은 웃음을 자아낼 뿐만 아니라 매우 좋은 아이디어를 제공한다.

날아다니는 종이

종이를 이용하여 10m를 날 수 있는 종이 비행기 또는 물건을 만들어 보게 한다. 꼭 종이 비행기를 만들 필요는 없다. 종이를 꼬깃꼬깃 구겨서 공처럼 만들어서 던지면 거뜬히 10m는 날아갈 것이다.

9점 문제

네 개 이하의 직선을 이용하여 9개 점 모두를 연결하는 것이 문제인데 한 번 통과한 직선을 다시는 통과해서는 안 되며 종이에서 연필을 떼어서도 안 된다.

4개 이하의 직선만으로 9개의 점을 다 지나가는 방법을 연구해 보자. 많은 사람들이 평면에 집착해 이 문제를 해결하려 한다. 평면이라는 생각을 버리고 점 9개를 연결하는 문제를 다시 생각해 보면 해답은 자연스럽게 떠오른다.

과연 몇 개의 해답을 구했나? 생각이 평면에 집착하고 있으면 이 문제의 해답은 잘 보이지 않을 것이다. 또 있지도 않은 조건을 스스로 만들어서 문제를 풀려 하지는 않았는지?

이처럼 문제에 없는 제약조건을 스스로 만들어 문제를 풀려고 하면 창의적으로 문제를 해결할 수 없다. 9개의 점을 잇는 문제에서 자르면 안 된다든지, 다른 것을 이용하면 안 된다든지 등의 조건을 스스로 만들면 다양한 해답은 도저히 생각할 수 없는 것이다.

콜롬버스의 달걀

콜롬버스가 서인도 제도를 발견한 것은 다 아는 사실이다. 당시로서는 위대한 탐험을 한 영웅인 셈이다. 그러나 시기심 많은 사람들은 "그까짓 것 배를 타고 곧장 가기만 하면 저절로 닿게 되는 것인데 뭐 그리 대단하다고 야단들이냐?"는 식으로 반응하기도 했다. 콜롬버스도 물론 이러한 소문을 듣고 있었다.

마침 여왕이 콜롬버스의 위업을 축하하기 위하여 만찬회를 열었다. 참석자들 가운데는 콜롬버스의 업적을 과소평가하는 사람들도 많이 참석했다. 식순에 따라서 콜롬버스가 답사를 할 차례가 되었다. "여러분 여기 이 달걀을 테이블 위에 세워 보실 분 계십니까?"하고 묻자 사람들은 다투어 시도해 보았지만 아무도 성공하지 못하였다. 그러자 콜롬버스는 달걀의 한 쪽 모서리를 살짝 깨어서 보기 좋게 세웠다. 사람들은 웅성거리기 시작하였다. "그렇게 한다면 누가 못할까?" 콜롬버스는 말했다. "그렇습니다. 남이 하는 것을 보면 누구든지 쉽게 할 수 있습니다. 그러나 아무도 하기 전에 해 본다는 것이 중요하고 어려운 일입니다. 제가 신대륙을 발견한 것도 무척 쉬운 일일지도 모릅니다. 그러나 제가 그러한 일을 계획하고 출항할 때만 해도 여러분은 미친 짓이라고 했습니다."

성냥개비 퀴즈

하나, 성냥개비 6개로 정삼각형 4개를 만들어 보자. 이때 성냥개비를 구부리거나 꺾어서는 안 된다.

둘, 성냥개비 4개로 밭 전(田)을 만들어 보자. 이때 성냥개비를 구부리거나 꺾어서는 안 된다.

일상적으로 부닥치는 많은 문제를 해결할 때 습관적으로 하는 방법을 잠시 보류하고 다양한 방법을 생각해 볼 필요가 있다. 그리고 문제에 없는 조건을 스스로 만들지 않아야 다양한 방법으로 문제를 해결할 수 있다.

로버트

DONALD
+ GERALD
─────────
ROBERT

각 문자에 부여된 숫자를 써라. 단, (1) D=5, (2) 각각의 글자는 0~9중 어느 숫자의 값을 지닌다. 각 문자에는 각각 다른 숫자가 부여된다.

'더하기 빼기는 오른 쪽 난에서 시작하여 왼쪽 난으로 진행한다'는 습관이 체질화되었기 때문에 새로운 접근 방법을 생각해 내지 못할 수도 있다.

T=0, G=1, O=2, B=3, A=4, D=5, N=6, R=7, L=8, E=9

목욕탕의 금붕어

어린 아들(3세)의 손을 잡고 아빠가 목욕탕에 들어 왔다. 한참 목욕하는 중에 아이가 아빠를 불렀다. 수도꼭지에서 흘러나오는 뜨거운 물을 두 손으로 철철 받으면서 "아빠! 이리와 보세요. 여기 금붕어가 있어요. 빨강 금붕어, 파란 금붕어, 노란 금붕어, 얼룩 금붕어가 있어요." 아빠가 가까이 와서 "그렇구나. 금붕어가 많이 있네. 그래 또 다른 물고기가 있나 더 찾아 보거라"라고 말하였다. 그 아빠는 아이의 상상을 인정하고 수용했기 때문에 창의성 형성에 큰 도움을 주었다.

자기보존기술과 위기관리기술을 가르치는 활동들

비상 경보 장치

가상적인 비상 경보 장치를 만든다. 그 위에 다음과 같은 내용들을 쓴다. "소리 지른다", "도망간다", "도움을 요청한다", "부모와 상의한다", "빨리 생각한다", "119 또는 경찰을 부른다", "맞붙어 싸운다", " '아니오'라고 말한다", "심호흡한다", "도피계획을 짜본다."

머리를 신속히 회전시키고 행동을 신속히 해야 할 가상적 상황을 부모가 자녀에게 제시해 주고 자녀로 하여금 위 내용 중에서 최선의 반응을 선택하도록 한 다음 부모가 그 반응에 대하여 비판을 해 준다. 역할을 바꾸어 자녀가 부모에게 가상 상황을 제시해 주고 부모가 그 상황에 맞는 최선의 반응을 한다. 자녀로 하여금 부모의 반응에 대하여 비판해 보도록 한다.

비상 계획

화재가 발생하거나 비상 사태(예를 들면 지진, 태풍)가 발생했을 때 가족 각자가 취해야 할 행동들을 큰 종이에 쓰거나 그린다. 탈출 경로뿐만 아니라 밖에서 만날 장소도 첨가시킨다. 화재 경보기, 비상등, 소화기, 사다리 등 비상도구들을 구비해 둔다. 정기적으로 비상 훈련을 실시한다. 재미있으면서도 담력을 기를 수 있다.

나는 슈퍼맨

초인간적 능력을 가진 영웅이 입는 의상을 만든다. 이렇게 함으로써 아동에게 힘을 부여할 수 있고 위협적인 상황에서 행동하는 방법을 가르칠 수 있다. 그 의상을 입은 자녀와 함께 앉아서 곤경에 빠졌을 때 도움이 될 수 있는 그의 강점, 능력, 기술들을 기록한다. 예를 들어 동작이 빠르다, 영리하다, 힘이 세다, 창의적이다, 두뇌회전이 빠르다, 의지가 강하다, 확고하다, 지혜가 있다, 소리를 크게 지른다, 생각하고 행동한다, 이해가 빠르다, 호기심이 강하다, 생각이 깊다, 기억력이 좋다, 날카롭다, 침착하게 행동한다, 빈틈없다, 솜씨가 좋다, 자신의 감정을 따른다, 거절할 수 있다, 사려심이 있다, 열심히 노력한다, 강력하다, 포기하지 않는다, 세상 물정에 밝다, 감정을 잘 진정시킨다, 도움을 요청한다 등.

자녀에게 그는 신비한 힘을 가지고 있지 않다는 사실을 알려준다. 그는 날 수도 없고, 범인에게 빛을 쏠 수도 없고, 악당을 한 주먹으로 납작하게 할 수도 없다. 그는 평범한 소년이다. 자신을 보호하기 위하여 신속히 생각하고 재빨리 행동해야 하는 위험 상황을 가상한다. 예를 들어, 유괴범에게 납치 당하고 있다거나 태풍이 몰아치고 있다고 가정한다. 이 위험한 상황을 극복하는 방법을 설명하도록 하게 하고 실제로 행동해 보도록 한다.

어떻게 할래?

예를 들어, "공원에서 어떤 사람이 너를 노려보고 있으면 어떻게 할래?" 또는 "집에 어른이 없을 때 친구가 계단에서 넘어지면 어떻게 할래?" 자녀로 하여금 각각의 질문에 사려 깊은 대답을 하도록 해 본다. 질문에 대해서 대답이 마음에 들지 않는다고 해서 나무라지 말고 대신에 그 외의 방법이 없는지 물어보거나 부모의 생각을 말해 준다.

몇 가지 간단한 질문을 예시하면 다음과 같다.

- 낯선 사람이 현관문을 두드리면서 전화를 쓰자고 하면 어떻게 할래?
- 잠자고 있을 때 화재 경보기가 울리면 어떻게 할래?
- 복잡한 백화점에서 부모를 잃어버리면 어떻게 할래?
- 어떤 운전사가 길을 물어 알려 주었는데 알아들을 수 없다고 좀 더 가까이 와서 말해달라고 하면 어떻게 할래?
- 아는 사람이 너의 은밀한 부분을 만지면 어떻게 할래?
- 어른이 없을 때 낯선 사람이 어머니를 찾으면 어떻게 할래?
- 낯선 사람 또는 아는 사람이 학교에 와서 어머니가 너를 데려 오라고 했다면 어떻게 할래?
- 길을 가고 있을 때 어떤 사람이 너를 움켜잡으면 어떻게 할래?
- 친구가 자전거를 타다가 넘어져서 피를 흘리고 있다면 어떻게 할래?
- 학교에서 집으로 돌아오는데 어떤 차가 계속 너를 따라 오면 어떻게 할래?

안전 도구함

집 안에 비치해야 할 안전 도구들을 자녀와 의논한다. 발생할 수 있는 각종 위험들을 생각해 본다. 예를 들어 단전되었을 때 플래시, 초, 성냥 등이 필요할 것이다. 천재지변이 발생했을 때 마실 물과 라면같은 비상식량이 필요할 것이다. 중요한 전화번호도 안전도구에 포함시킨다. 비상행동 계획을 생각하여 매뉴얼로 작성한다. 예를 들면 태풍이 불거나 화재 경보기가 울릴 때의 행동 방법들이 포함될 수 있다. 안전 도구함과 매뉴얼을 보관한 장소를 가족 모두에게 알려 준다. 그것을 함부로 열지 않도록 가족들에게 당부하고 그 내용물들을 수시로 점검해 보고 새로운 내용물들이 생기면 첨가시킨다.

사기꾼

자녀와 함께, 어른들이 아동을 속이기 위해서 쓰는 방법들을 나열해 본다. 예를 들면 다음과 같다. "강아지를 잃어 버렸단다. 나를 도와 강아지를 찾아 주지 않을래?" 또는 "너의 엄마가 크게 다쳤단다. 당장 엄마한테 가야 되겠구나. 엄마가 너를 나보고 데려오라고 했다." 각각의 카드(사기 내용 카드)에 하나씩 내용을 쓰고 다른 카드(사기 대응 카드)에는 단호하고 효과적인 대응 방법을 쓴다. 예를 들면, "직감을 믿어라(옳지 않다고 느껴지면, 옳지 않을 수 있다)", "도망치면서 도움을 청하라", "크게 소리지른다", "믿을 수 있는 사람인지 확인한다"라고 쓴다. 사기 내용 카드에 쓰여 있는 사기 내용을 읽어 주고 이에 적절하게 대응하는 사기 대응 카드를 자녀로 하여금 선택하도록 하고 그 이유를 설명해 보도록 한다.

제12장 · 감사와 존중하는 마음이 인간애의 기초이다

매년 크리스마스가 되면 우리 가족은 불우 이웃에게 저녁 식사를 제공하는 자선단체에 자진해서 참여한다. 어느 해, 우리는 식당에 가득 찬 사람들을 보고 기뻐하였다. 우리는 아이들을 데리고 식당으로 가서 손님들과 어울렸다. 테이블을 지나면서 손님들에게 즐겁게 식사하라고 인사하였다. 그 당시 우리 딸들은 여섯 살과 일곱 살이었는데 무척 수줍어하였다. 그 때 재미있는 일이 생겼다. 우리가 어떤 테이블에 가까이 가자 혼자 앉아있던 할머니가 팔을 벌리고 아름이를 껴안았다. 우리가 어떻게 하기 전에 매우 놀랍게도, 아름이는 그녀의 팔에 빨려들 듯이 안기면서 그녀를 따뜻하게 포옹하였다. 당연히 우리는 딸을 보호하려고 하였다. 우리는 딸들에게 낯선 사람과는 원하지 않는 신체적 접촉을 하지 말라고 가르쳐 왔다.

언니를 따라 다운이가 또 다른 할머니에게 가서 포옹하려고 하자 우리는 이를 제지하려고 하였다. 우리는 옆에 서서 경계하는 눈으로 지켜보고만 있었다. 아름이와 다운이는 그 테이블에 있는 모든 손님과 포옹하였다. 그 손님들은 만면에 웃음을 띠고 있었으며 진심으로 기뻐하였다. 다른 테이블로 가기 전에 아내는 딸들에게 원치 않으면 포옹을 하지 말라고 말하였다. 그러자, 아름이는 "엄마, 걱정하지 마세요. 처음 보는 할머니들이지만 좋아요. 내가 껴안아주면 할머니들이 기뻐하세요."라고 말하였다. 다운이가 동의하듯이 머리를 끄덕거렸다. 그래서 우리 가족은 그 손님들과 일일이 포옹하였다. 아마도 그 날 포옹한 사람은 100명이 넘을 것이다.

딸들의 도움으로 우리는 굶주린 손님에게 음식을 줄 수 있었을 뿐만 아니라 정이 그리운 손님에게 정을 줄 수 있었다. 아름이와 다운이가 보여준 것처럼 아동들은 다른 사람들을 돌보아주고, 사랑을 나누어주고, 마음과 영혼을 감동시키는 천부적 능력을 가지고 있다.

인간애의 기술을 가진 사람이 되기 위해서, 모든 아동들은 다른 사람들과 감정 이입하는 것과 다른 사람들의 감정과 욕구를 이해하는 것을 배워야 한다. 인간애 기술들의 씨앗은 부모, 보호자, 교사의 행동과 태도를 통하여 심어진다. 인간애는 본래 점차적으로 발달한다. 감정 이입, 이해, 존경과 같은 인간애의 기술들은 특정 교과시간 또는 특정한 인생단계에서 가르칠 수는 없다.

아동들은 항상 존경, 감정 이입, 이해의 행동을 한다. 그러나 이 기술들은 간과되거나 잘못 이해된다. 예를 들어 어떤 아동이 가사에 바쁜 부모를 자발적으로 도울 때, 부서진 인형을 사랑으로 돌볼 때, 넘어진 아이를 도와줄 때, 선물을 받고 감사의 마음을 표현할 때 그들은 긍정적인 행동을 형성하며 이 기술들을 자신들의 성격에 통합하는 것을 배운다. 부모와 교사들은 아동이 이러한 행동을 할 때마다 주의를 집중해야 한다.

감정 이입(공감)

감정 이입은 다른 사람의 입장, 감정, 동기를 이해하며 같이하는 것을 의미한다. 감정 이입은 다른 사람의 패러다임 속에 들어가는 것이 필요하다. 그리고 남의 입장이 되어 보는 것이 필요하다. 다른 사람의 감정, 사고, 느낌을 공유하는 능력이 감정 이입이다. 감정 이입은 아동에게 다른 사람의 느낌에 주의를 하도록 하고, 자각을 불러일으키며, 양심을 각성시킨다. 이러한 특성으로 인하여 폭력적으로 행동하려 하거나 피해를 주려는 충동을 억제할 수 있다. 이러한 특성을 발달시키지 못한 아동과 성인은 폭력적이고 이기적으로 행동하기 쉽다. 반대로 다른 사람들이 무엇을 느끼는가를 느낄 수 있는 아동은 진정한 이해, 애정, 존경을 표현할 수 있다. 감정 이입은 아동으로 하여금 더 좋은 친구, 더 훌륭한 지도자, 더 나은 사회인이 되는 것을 돕는다.

감사하는 마음

　부모들은 도움을 주는 사람들의 고마움을 알고 고마움을 표현하도록 자녀에게 가르치고 싶어한다. 고마움을 아는 것과 고맙다고 말하는 것은 별개이다. 고마움을 알기 위해서 아동은 도움의 본질과 특성을 이해하고 인식할 수 있어야 한다. 그 도움은 장난감과 같이 유형일 수 있고 신뢰와 같이 무형일 수 있다. 고마움의 가치를 이해하는 아동은 다른 사람들이 흔히 말하는 고맙다는 소리를 들어서 고맙다고 말하는 것이 아니라 스스로 고마움을 느끼고 고맙다고 말하는 것이 고마움을 전달하는 방법이라는 것을 알기 때문이다.

　고마운 마음을 갖기 위해서는 무엇이 가치 있고 무엇이 가치 없는지 알아야 한다. 이는 부모의 영향을 전적으로 받는다. 예를 들어, 농구 경기에서 아동들은 한 팀을 이루어 비슷하게 활동한다. 아동들은 그들이 배운 방식에 따라서 상황을 달리 해석하고 평가한다. 한 아동은 팀의 승리를 즐거워하지만 다른 아동은 자신의 골 득점을 높이 평가한다.

　또한 아동들은 다양하게 감사하는 마음을 표현하는 방법들을 배워야 한다. 예를 들면 "감사합니다", "고맙습니다", "수고하셨습니다", "미안합니다", "죄송합니다"와 같이 말로 고마움을 표현할 수도 있고 정성어린 선물로도 감사하는 마음을 표현할 수 있다.

존중

존중을 복종으로 오해하는 경우가 종종 있다. 그러나 실제로는 존경, 호의, 사랑을 담고 있다. 존중과 복종을 강하게 연관시키는 것은 복종이 두려움을 통해 이루어지고 아동들이 위협하는 힘을 존경하기 때문인 것 같다. 문제는 이러한 상황에 있는 아동들은 인격, 지식, 관계보다는 물리적인 힘을 존경하는 것을 배우는 것이다. 이러한 것이 존재하는 가정에서 성장하는 아동들은 그들보다 작거나 약한 아동들을 괴롭히는 것을 배운다.

사람, 사회 규칙, 관습, 권위, 지식을 존경하도록 자녀에게 가르치기 위해서 부모들은 참된 존중을 가르칠 필요가 있다. 참된 존중을 배운 아동은 다른 사람들의 감정, 사회 규칙들을 존중할 것이다. 그러므로 그 아동은 그것이 옳다는 것을 알기 때문에 복종하고 자신의 행동이 다른 사람에게 어떻게 영향을 줄 지 마음을 쓰며 자신의 행동 결과를 곰곰이 생각한다. 참된 존중은 다면적이어서 인생, 부, 어른, 위인, 권리에 대한 존중을 포함한다.

존중을 받는 가장 빠른 방법은 존중해 주는 것이다. 부모와 교사들은 자녀와 학생들을 존중하기 때문에 이들로부터 존중을 받는다. 부모와 교사들은 몸소 존중을 실천할 뿐만 아니라 호혜, 관심, 민감성을 가르친다. 자녀에게 벌을 주는 부모조차도 자녀에게 망신감과 혐오감을 주지 않음으로써 자녀에게 존중을 가르칠 수 있다. 존중받지 못한 아동은 다른 사람들을 무례하게 대하지만 존중과 보호를 받은 아동은 다른 사람들을 존중하고 보호한다.

인내

존중과 마찬가지로 인내는 자신의 가치와 신념에 기초한다. 아동들이 좀더 평화롭고 좋은 세상을 만들도록 도와주기 위해서 부모들은 그 아동들이 다양성을 인내하고 존중하는 것을 가르쳐야 한다. 오해, 갈등, 폭력, 전쟁의 근원인 민족, 문화, 외모, 종교, 생활 양식들 간에 큰 차이가 존재한다. 이러한 차이들로 인하여 아동들과 어른들은 혼란스러워 한다.

다양성은 자연스러운 것이라고 아동들에게 가르쳐야 한다. 이러한 관점을 갖도록 하기 위해서는 아동들은 우선 그들과 다른 민족, 관습, 문화들을 경험해야 한다. 이 경험으로 아동들은 편견과 맞서 싸울 수 있는 지식을 갖게 된다. 정확한 지식을 갖고 있는 아동들은 다양한 민족, 문화, 외모, 종교, 생활 양식들을 효과적으로 검토할 수 있다. 인내는 자유 방임이나 굴종을 의미하는 것이 아니다. 실제로는 그 반대이다. 인내는 아동으로 하여금 도덕적인 방법으로 자신의 신념과 의사결정에 도달하도록 해 주기 때문이다.

EQ 발달을 위한 지침

감정 이입, 감사, 존중, 인내에 대한 지침을 알아보자.

◀ 단계 Ⅰ 유아기: 출생~24개월 ▶

유아들은 선천적으로 자기 중심적이고, 다른 사람들의 감정을 알지 못하며(예를 들면, 할아버지의 수염을 잡아당길 때의 할아버지의 기분), 인지적으로 너무 미숙하기 때문에 이러한 기미를 알지 못한다. 약간의 감정 이입을 나타낸다(예를 들면, 엄마의 행동을 모방하여 인형에게 우유를 주는 행동을 한다).

유아들은 감사, 감정 이입, 존중 등과 같은 개념을 알지 못할 뿐만 아니라 겉으로 표현하지 못한다. 왜냐하면, 이것들은 고도의 자아 인식, 객관성, 통찰력에 달려 있기 때문이다.

◀ 단계 Ⅱ 아동 초기: 2세~6세 ▶

2세 내지 4세의 아동들은 다른 사람의 감정은 아랑곳하지 않고 오로지 자기에 초점을 맞춘다. 자기 중심적이며 이기적이다. 자신의 흥미를 충족시켜 주거나 자신에게 쾌락을 주는 사람 또는 물건에 고마움을 느낀다. 상과 벌을 주는 사람과 신체적으로 크고 힘에 센 사람 즉 권위자를 존경한다.

이 시기의 아동들은 선물 또는 호의 속에 들어 있는 의미를 모르며 고마운 생각과 감정을 갖지 못한다. 자신을 존중해 주지 않는 사람은 존중하지 않는다.

4세 내지 6세의 아동들은 가족, 교사, 친구와의 관계를 알기 시작하고 아량과 호의를 표현하며, 다른 사람들의 감정을 이해하고 재능과 기술을 가진 사람들을 존경하기 시작한다. 이러한 현상은 부모가 계속 상기시켜 주거나 깨우쳐 줄 때 가능하다.

◀ 단계 Ⅲ 아동 후기: 6세~11세 ▶

6세 내지 11세의 아동들은 감정 이입, 감사, 존경, 인내의 개념을 약간 더 알고 표현할 줄 안다. 가까운 또래들로부터 무시와 무안을 당하기도 한다. 이 시기의 아동들은 형제들보다는 친구들에게 더 관심이 있다. 도덕과 친절을 강조하는 엄격한 분위기에서는 인간애를 발휘한다.

이 시기의 아동들은 그들이 부모, 교사, 형제들의 행동 속에서 감정 이입, 감사, 존경, 인내 등 인간애를 경험하지 못하면 인간애에 대하여 관심을 기울이지 않는다.

◀ 단계 Ⅳ : 청소년 초기: 11세~15세 ▶

청소년들은 인간 관계의 본질에 대하여 더 관심을 가지며, 편견, 차별, 불균형(예를 들면, 부유한 자와 가난한 자)에 대하여 알며, 억압받거나 학대받는 사람들을 기꺼이 돕는다. 기성세대를 경멸하고 무조건적 반항을 하며 가족들을 경시한다.

부모들이 그들의 문화를 이해하려고 하지 않으면 그 청소년들은 가족들을 존중하려고 하지 않을 뿐만 아니라 감정 이입을 하려고도 하지 않는다.

자문 자답

• 자녀가 이기적으로 행동하고 자신의 물건을 나누어주지 못하거나 몹시 주목받고 싶어하는가?

— 다른 아동이 주목을 받을 때 자녀는 시무룩해 하거나

주목을 받기 위하여 안달한다.

• 자녀가 자신보다 약하거나 능력이 떨어지는 사람이나 동물
들에게 무자비하거나 아랑곳하지 않는가?
　　— 어린 아동들과 놀이를 할 때 자녀는 그들의 감정은 고
　　　려하지 않고 그가 원하는 대로 그들이 하도록 협박한다.

• 자녀가 사리분별력에 의해서 행동하기보다는 물질적 보상
또는 처벌회피 지향적으로 행동하는가?
　　— 그는 "말썽만 안 나면 괜찮아"라고 생각한다.

• 자녀가 선생님, 부모님 또는 윗사람들에게 무례하고 비웃는
가?
　　— 그는 어른들보다 더 많은 것을 안다고 생각하며 어른들
　　　의 사회적 지위에 대하여 존중할 줄 모른다.

• 자녀가 그와 다른 피부색, 종교, 외모에 대하여 선입견을 갖
고 있는가?
　　— 그는 "안경을 쓴 사람은 영리하다" 또는 "뚱뚱한 사람들
　　　은 모두 멍청하다"라고 생각한다.

• 자녀가 다른 사람들에 대하여 걱정이나 관심을 표현하지
못하는가?
　　— 그는 전쟁 고아, 결식 아동, 노숙자들에 대하여 불쌍한

마음을 갖지 못한다.

- 자녀가 예의범절을 잘 지키지 못하는가?
  — 그에게 식사 예절, 질서 의식, 인사 방법과 같은 사회 관
    습을 계속 가르쳐야 할 것이다.

인간애를 향상시키는 방법

· 우리는 자녀를 사랑하기 때문에 제재를 가하거나 야단을 친다고 종종 말한다. 모순되게 들릴지 모르지만 부모들이 애정 어린 마음과 측은한 마음으로 제재를 가할 때 자녀들은 부모들에게 덜 서운하고 자신들의 책임에 대해서 더 생각할 것이다. 자녀의 시시비비를 가려서 자녀를 질책하거나 특혜를 박탈하는 것이 부모가 할 일이라는 것을 자녀에게 알려준다.

· 자녀들에게 그들 스스로 문제를 해결하도록 기회를 준다. 이렇게 함으로써 부모들은 자녀들의 능력과 독립의 욕구를 존중하게 된다. 부모들은 자녀들을 돌보면서 그들 스스로 자신을 돌보도록 한다.

· 자녀의 요구 또는 욕구들을 성급히 일일이 들어주어서는 안 된다. 그래야 감사하는 마음을 갖게 된다. 자녀들에게 감사하는 마음을 갖도록 할 기회는 얼마든지 있다. 예를 들어 당신이 전화 통화를 하고 있는 동안 자녀가 당신의 전화 통화를 방해를 못하도록 해야 하며(대부분 아동들은 그 순간에도 당신의 주목을 받고 싶어한다) 전화 통화를 끝낼 때까지 조용히 기다리도록

가르쳐야 한다. 자녀에게 관심을 주고 안 주고는 당신이 선택할 사안이라는 것을 자녀에게 알려 준다. 당신이 전화 통화를 끝낼 때까지 기다리는 동안에 자녀는 좌절감을 갖게 될 것이다. 이러한 경험으로 인하여 자녀는 당신과 다른 사람들에게 감사하는 마음을 갖게 된다. 모든 자녀의 욕구가 기다림과 노력 없이 충족되고 자기 중심적 생활 태도가 제재를 받지 않는다면 자녀는 감사하는 마음을 갖지 못하게 된다. 아낌없이 자녀를 사랑하되 부모의 사랑에 감사하는 마음을 갖도록 가르쳐야 한다. 부모가 자녀의 생각, 감정, 권리를 존중하면 신뢰로운 부모와 자녀의 관계가 형성되며 서로를 존중하고 감사하며 배려하는 마음을 갖게 된다.

• 자녀로 하여금 감정 이입적으로 생각하고 다른 사람들을 존중하도록 가르치기 위해서는 시간이 걸리고 인내가 필요하다. 아동은 실수를 하며 버릇없이 굴고 이기적인 행동을 하게 마련이다. 실수를 통해서 배울 수 있다. 이 복잡한 개념(감정 이입, 존중)을 이해하고 연마하기 위해서 아동은 애정과 수용의 분위기를 필요로 한다. 실수를 통해서 배웠던 것들을 자녀에게 말해 주고, 실수를 통해서도 배울 수 있도록 시행착오를 두려워하지 않도록 가르쳐야 한다.

• 자녀에게뿐만 아니라 배우자에게도 애정을 공개적으로 표현하라. 이러한 행동을 통해서 당신은 공공연한 애정은 좋으며 숨길 필요도 없고 억제할 필요도 없다는 메시지를 전할 수 있을 것이다. 당신의 부모들이 감정을 노골적으로 나타내지 않았다면 당신은 이렇게 하기가 어렵거나 어색할지도 모른다. 자녀가 어

릴 때 부모와 자식간의 관계를 이용하여 공개적으로 애정을 표현하면 부모와 자식은 더욱 스스럼이 없어진다. 아동들은 신체적인 애정의 표현을 필요로 한다.

• 피부 색깔이 다르고 생활 양식이 다른 사람들에 대하여 정확히 알고 이들에 대하여 자녀들에게 알려줌으로써 포용성을 가르칠 수 있다. 예를 들어, 생소한 사물 또는 낯선 사람을 만났을 때 흥미, 존중, 호기심을 표현하라. 자녀의 질문에 대하여 사실대로 대답을 하라. 잘 모르면 사실을 알아보고 자녀에게 정확히 말해 준다.

• 지구상에는 여러 나라, 민족, 인종, 문화, 사건 등이 있다는 것을 자녀에게 알려줌으로써 자녀가 세상은 넓다는 것을 인식하도록 도와준다. 다른 민족, 관습, 생활양식에 대하여 통찰력을 가질 수 있는 기회를 제공한다. 세계의 문제(건강, 교육, 식량, 전쟁 등)를 알게 되면 세계를 보는 안목이 넓어질 것이다.

감정 이입을 향상시키는 활동

역지사지(易地思之)

자녀가 감정 이입할 사람의 그림을 그린다. 예를 들면, 자녀가 괴롭히는 이웃 아이, 불쌍한 사람, 위험에 처한 동물을 그린다. 얼굴 부위를 오려내게 하며, 그 부위에 자녀의 얼굴을 내밀게 하고 그 사람이 어떻게 느낄 것인가를 말하게 한다. 그 포스터 인물이 당면한 상황을 설명해 주고 자녀로 하여금 그 포스터 인물의 감정을 솔직하게 경험하도록 한다.

예를 들면, 그 포스터 인물이 수줍어하는 학급 동료라면 이 인물이 따돌림당하고 조롱받는 상황을 표현한다. 자녀로 하여금 포스터 인물이 동료로부터 괴롭힘을 당하고 소외당할 때 어떤 느낌을 가질 것인가를 말해 보도록 한다. 자녀가 괴롭힘을 당할 때 어떠할 것인가를 자녀로 하여금 말해 보도록 한다.

감정 이입 안테나

머리띠에 두 개의 전선을 부착하고 그 전선의 끝에 스티로폼 볼을 끼워 감정 이입 안테나를 만든다. 자녀에게 그 감정 이입 안테나가 다른 사람의 감정 파도를 포착해 낼 수 있는 것처럼 보이게 한다. 자녀가 다른 아동의 감정을 상하게 했을 때(이를테면, 자녀가 다른 아동과 장난감을 같이 가지고 노는 것을 거부했을 경우) 자녀에게 안테나를 쓰도록 하고 다른 아동의 감정에 채널을 맞추도록 한다. 안테나가 어떤 정보를 받아들이고 있는지 물어본다. 다른 사람들에게 감정 이입을 보여주기 원한다면 본인이 직접 안테나를 쓴다.

감정 이입 생활화

불우한 사람들 또는 무주택 부랑자들에게 관심을 표명할 수 있는 공식적인 방법을 찾는다. 매주 또는 매달 일정한 시간 동안 자원봉사를 하겠다고 약속한다. 일년에 한 번의 참여도 전혀 안하는 것보다는 낫다. 가장 중요한 것은 모든 가족들이 그 운동에 참여하는 것이다. 명성을 얻기 위해서 또는 죄의식을 경감하기 위해서가 아니라 다른 사람에게 행복을 가져다주는 기쁨

때문에 자원봉사를 한다는 사실을 자녀에게 이해시켜야 한다.

• 노숙자와 걸인에게 식사를 준비하고 제공하는 무료 급식소에서 자원봉사하기

• 이웃 사람들로부터 식품과 성금을 기부 받고, 식품을 비축하고, 식품을 분배하는 식품 저장소에서 돕기

• 무료 옷가게를 운영하는 것을 돕기. 의류를 수집하고, 그 의류를 세탁하고 수선한다.

• 많은 자선 단체에 가입하여 자원봉사 활동을 한다.

다른 사람의 신발을 신어보기

가족들이 서로 다른 사람들의 신발을 신어 보고 그 사람의 신발을 신었을 때 어떤 기분을 느끼는지를 말해보도록 한다. 다양한 입장에서 행동으로 나타내 본다. 예를 들어 자녀의 신발을 신어보고 이기적이고 유치한 행동을 해 본다. 부모의 신발을 신은 자녀는 성인과 같은 행동을 할 것이다.

다른 예를 들어, 가족들이 눈가리개를 하고 한 시간 동안 맹인이 되어 본다. 집에서 어떻게 일할 것인가? 어떻게 여행할 것인가? 텔레비전의 화면을 보지 못하고 소리만 들을 수 있다면 기분이 어떠할 것인가?

그러면 어떤 일이 생기나요?

자녀 또는 학생이 다른 사람들에게 바람직한 행동을 하거나 바람직하지 않은 행동을 할 때 언제나 그의 행동이 어떤 결과를 낳는지 알도록 하는 것은 중요하다. 자녀 또는 학생이 어떤 일

을 한 후에 그 사람에게 어떤 일이 생겼을지 상상해 보도록 한다. 예를 들어, 자녀가 자신에게 선물을 준 사람에게 감사의 편지를 보낸다면 편지를 받은 사람에게 어떤 일이 생길 것인지를 자녀에게 물어 본다. 편지를 받은 사람은 기뻐할 것인가? 그는 기분이 좋아서 울었을 것인가? 다른 예를 들면, 학생이 친구의 별명을 불렀을 때 그 친구의 감정에 어떤 일이 생겼을 것인가?

감사와 존중을 가르치는 활동들

교양학교

교양이라는 말은 "예의에 맞는", "최종적인", "최고에 이른"의 의미를 갖고 있다. 교양있는 사람은 시기와 장소에 적합한 예절을 지킨다. 자녀를 교양 학교 또는 예절 학교에 보내라. 여기에서 나무랄 데 없는 예절을 배울 수 있을 것이다. 부모, 교사, 웃어른을 공대하는 방법, 형제와 친구간의 예절, 대화 방법, 식사 예절, 전화 응대 예법, 선물을 주고받는 방법 등 현대 예절을 비롯하여 전통 예절을 배우면 금상첨화(錦上添花)이다.

예절 종류

생활 예절의 종류를 나열하고 그 옆에 그 예절을 사용하는 장소와 방법을 기술한다. 그리고 그것을 벽에 붙인다.

· 감사합니다 : 어떤 사람이 도움을 줄 때 "감사합니다"라고
　　　　　　　　말한다.
· 죄송합니다 : 어떤 사람에게 손해를 끼쳤을 때 "죄송합니

다"라고 말한다.

무지개

자녀에게 다양한 문화와 다양한 민족을 가르치는 것은 문화
들 간의 차이와 민족 간의 차이를 가르치는 것이다. 여러 나라
들의 의상 또는 물건, 다양한 피부 색깔을 하고 있는 인형, 여러
문화와 민족들을 소개하는 책이나 잡지들을 모은다. 또한 세계
의 민족과 문화를 주제로 하는 텔레비전을 시청하도록 자녀에게
권장한다. 어린 자녀로 하여금 인간의 다양성을 익숙하도록 하
게 하면 자녀는 보다 넓은 인생관을 가질 것이다.

감사합니다.

생일 선물을 뜯어보고 파티 음식을 정신없이 먹고 나면 생일
파티의 기쁨은 급속도로 식어버린다. 자녀는 생일 선물을 준 사
람에게 인사를 하는 둥 마는 둥 하고 선물 카드를 읽는 둥 마는
둥 허둥댄다. 선물 포장을 완전히 풀지도 않은 채 옆에 제쳐놓
고 다른 선물 보따리를 풀기도 한다. 생일의 기쁨에 몰입하는
것이 나쁘다는 것이 아니라 선물을 준 사람의 마음을 상하게 할
수도 있다.

부모들은 자녀에게 감사하는 마음을 표현하는 방법을 가르쳐
야 한다. 자녀로 하여금 선물을 하나 하나 풀어보도록 하고 그
속에 들어 있는 선물카드를 일일이 읽어보도록 하고 그 선물을
어떻게 사용할 것인가 그 선물을 받음으로써 왜 기쁜가를 말해
보도록 하며 적절한 감사의 마음을 표현해 보도록 한다. 이렇게

함으로써 생일파티의 기쁨은 더 고조되고 길어질 것이다.

무조건 친절하기

"친구를 위하여 선한 일을 하는 것보다 신에게 좀더 가까이 접근하는 일은 아무 것도 없다"라는 말이 있다.

아동들에게 인간애를 가르치는 가장 간단하면서도 가장 효과적인 방법은 언제나, 어디서나, 누구에게나 친절한 행동을 실천하도록 하는 것이다. 사려 깊고 친절한 행동은 인간의 삶에 깊은 영향을 끼친다.

친절한 행동이 아무리 단순할지라도 그것은 인생을 바꿀 수도 있다. 다른 사람을 위해 문을 닫아주는 것도 친절한 행동이 될 수 있고 친구의 병 문안을 가는 것도 친절한 행동이 될 수 있다. 친절이 습관화되면 아동들은 그것만으로 만족하지 않으며 더 나아가 이타적 행동을 스스럼 없이 행한다.

나누는 마음

다른 사람들과 나누는 기쁨을 가져 보자. 예를 들어, 특별한 음식을 만들었을 때 이웃집과 그 음식을 나누어 먹어 보자. 자녀의 소풍 도시락을 준비할 때 친구들과 나누어 먹거나 선생님에게 드릴 음식을 준비해 보자. 자녀는 보고 배운다.

고운 마음씨

자녀들에게 그들은 태어날 때 고운 마음씨를 가지고 태어났으며, 그래서 그들은 다른 사람들에게 행복을 줄 수 있다고 말해 보자. 그들이 다른 사람들에게 주면 줄수록 그들의 고운 마음씨는 더욱 빛난다. 자녀들에게 고운 마음씨의 메달 목걸이(하트의 모양 위에 '고운 마음씨'라고 쓴다)를 만들어 주자. 자녀가 다른 사람들에게 예의를 표현할 필요가 있을 때는 언제든지 자녀에게 그 메달 목걸이를 상기시켜 주자.

참고한 책들

김언주외(1998). *우리 아이 EQ 높이기*. 서울:학지사.

윤종건(1994). *창의력의 이론과 실제*. 서울:원미사.

윤현석(1997). 감성지능과 창의성의 관계에 관한 연구. 미간행 박사학위논문. 충남대학교 대학원.

홍명희 역(1996). *EQ*. 서울:해냄.

Csikszentmihalyi, M.(1990). *Flow: The psychology of optimal experience*. New York: Harper and Row.

Gardner, H.(1993). *Multiple intelligences: The theory in practice*. New York: Basic Books.

Goleman, Daniel.(1995). *Emotional intelligence*. New York: Bantam Books.

Li., & Shallcross, D. J.(1992). The effect of the assumed boundary in the solving of the nine-dot problem on a sample of chinese and American students 6-18 years old. *The Journal of Creative Behavior,* 26(1), 55-64.

Mayer, J. D. & Salovey, P.(1989-90). Emotional intelligence. *Imagination, Cognition and Personality,* 9(3), 185-211.

Mayer, J. D., DiPalo, M., & Salovey, P.(1990). Perceiving affective content in ambiguous visual stimuli : A component of emotional intelligence. *Journal of Personality Assessment,* 54(3), 772-781.

Mischel, W.(1990). Predicting adolescent cognitive and self-regulatory competencies from preschool delay of gratification. *Developmental Psychology,* 26(6), 978-986.

Peterson, C. et al.(1982). *Attributional Style Questionnaire.* New York: Plenum Press.

Seligman, E. P.(1991). *Learned optimism.* New York: Knopf.

Shapiro, L. E.(1997). *How to raise a child with a high EQ.* HaperCollins:New Yok.

Sluyter, D. J. & Salovey, P.(1997). *Emotional development and emotional intelligence.* New York: Basic Books.

Snyder, C. R.(1991). The will and the ways: development and validation of an individual-differences measure of hope. *Journal of Personality and Social Psychology,* 60(4), 579.

Weston, D. C(1998). *Playwise.* New York: G. P. Putnam's Sons

*
EQ 업그레이드
*
초판1쇄 — 2000년 3월 31일

*
지은이 — 김언주·윤현석
펴낸이 — 이 규 종
펴낸곳 — 엘맨출판사
*
서울시 마포구 합정동 433 - 62
출판등록 — 제10 - 1562호(1985. 10. 29.)
*
전 화 — (02) 323-4060
팩 스 — (02) 323-6416
e-mail — elman1985@hanmail.net
*
잘못된 책은 바꾸어 드립니다.
*
값 7,000원